阿城

二十週年紀念版

阿城作品集 04

常識與通識

#【目次】

自序

此書所收的十二篇文字，陸續發表在一九九七年至一九九八年上海的雙月刊文學雜誌《收穫》上，我原來打算將欄目題為「煞風景」，後來改為「常識與通識」，規矩多了，但意思還在，因為講常識，常常煞風景。

我是經常跑來跑去的人，跑來跑去為稻粱謀。答應了《收穫》的專欄，有時是將以前記下的想法擴展成篇，有時是現想現賣，然後從所在地發傳真到上海的編輯部去。這樣的交稿方式，全拜手提電腦的功能之賜。不過，麻煩的是我必須隨身帶夠世界各地的電源轉換插頭和電話線轉換插頭，幸虧手提電腦備有電壓自動轉換器，否則，將有220V電源變壓器的鐵疙瘩在行李裡。

現在來看這十二篇文字，實在同情讀者。常識講得如此枝蔓雜亂，真是有何資格麻煩讀者？有何資格麻煩編輯者？想來想去，看在常識的面子上，還是結個集吧。

至於為何要講常識，十二篇中各有所述，此不贅。

一九九八年十二月　北京

01 思想與蛋白酶

我們都有一個胃，即使不幸成為植物人，也還是有一個胃，否則連植物人也做不成。

玩笑說，中國文化只剩下了個「吃」。如果以為這個「吃」是為了中國人的胃，就錯了。這個「吃」，是為中國人的眼睛、鼻子和嘴巴的，所謂「色、香、味」。

嘴巴這一項裡，除了「味覺」，也就是「甜、鹹、酸、辣、辛、苦、膻、腥、麻、鮮」，還有一個很重要的「口感」，所謂「滑、脆、黏、軟、嫩、涼、燙」。

我當然沒有忘掉「臭」，臭豆腐，臭鹹魚，臭冬瓜，臭蠶豆，之所以沒有寫到「臭」，是我們並非為了「逐其臭」，而是為了品其「鮮」。

說到「鮮」，食遍全世界，我覺得最鮮的還是中國雲南的雞㙡菌。用這種菌做湯，其實極危險，因為你會貪鮮，喝到脹死。我懷疑這種菌裡含有什麼物質，能完全麻痺我們腦裡面下視丘中的拒食中樞，所以才會喝到脹死還想喝。

河豚也很鮮美，可是有毒，能置人死命。若到日本，不妨找間餐館（坐下之前切記估計好付款能力），裡面治河豚的廚師一定要是有執照的。我建議你第一次點的時候，點帶微毒的，吃的時候極鮮，吃後身體的感覺有些麻麻的。我再建議你此時趕快做詩，可能此前你沒有做過詩，而且很多著名詩人都還健在，但是，你現在可以做詩了。

中國的「鮮」字，是「魚」和「羊」，一種是腥，一種是羶。我猜「鮮」的意義是漁獵時期定下來的，之後的農業文明，再找到怎樣鮮的食物，例如雞塅菌，都晚了，都不夠「鮮」了，位置已經被魚和羊佔住了。

魚中最鮮的，我個人覺得是廣東人說的「龍利」。清蒸，蒸好後加一點蔥絲薑絲，蔥薑絲最好順絲切，否則料味微重，淋清醬油少許，料理好即食，入口即化，滑、嫩、燙，耳根會嗡的一聲，薄淚洇濡，不要即刻用眼睛覓知音，那樣容易被人誤會為含情脈脈，低頭心裡感激就是了。

羊肉為畜肉中最鮮。豬肉濁膩，即使是白切肉；牛肉粗重，即使是輕微生烤的牛排。羊肉乃肉中之健朗君子，吐雅言，髒話裡帶不上羊，可是我們動不動就說蠢豬笨牛；好襟懷，少許鹽煮也好，紅燒也好，煎、炒、爆、炖、涮，都能淋漓盡致。我最喜歡爆和涮，尤其是涮。

涮時選北京人稱的「後腦」，也就是羊脖子上的肉，肥瘦相間，好像有沁色的羊脂玉，用筷子夾入微滾的水中（開水會致肉滯），一頓，再一涮，掛血絲，夾出蘸料，入口即化，嚼是為了肉和料混合，其實不嚼也是可以的。料要芝麻醬（花生醬次之），豆腐乳（紅乳烈，白乳溫），蝦醬（當年產），韭菜花醬（發酵至土綠），辣椒油（滾油略放澆乾辣椒，辣椒入滾油的製法只辣不香），花椒水，白醋（黑醋反而焦鈍），蔥末，芫荽段，以個人口味加減調和，有些人會佐食醃糖蒜。京劇名優馬連良先生生前到館子吃涮羊肉是自己帶調料，是些什麼？怎樣一個調法？不知道，只知道他將羊肉真的只是在水裡一涮就好了，省去了一個「頓」的動作。

涮羊肉，一般鍋底放一些乾鹹海蝦米和乾香菇，我覺得清水加薑片即可。料裡如果放了鹹蝦醬，鍋底不放乾鹹海蝦米也是可以的，否則重複；香菇如果在炭火上炙一下再入湯料，可去土腥味兒；薑是鬆懈肌肉纖維的，可以使羊肉更嫩。

蒙古人有一種涮法是將羊肉在白醋裡涮一下，「生涮」。我試過，羊肉過醋就白了，另有一種鮮。這種涮法大概是成吉思汗的騎兵征進時的快餐吧，如果是，可稱「軍涮」。

中國的飲食文化裡，不僅有飽的經驗，亦有餓的經驗。

中國在飢饉上的經驗很豐富，「饉」的意思是蔬菜歉收，「飢」另有性慾的含義，此處不提。浙江不可謂不富庶，可是浙江菜裡多乾鹹或發霉的貨色，比如蕭山的蘿蔔乾、螺絲菜，杭州、莫干山、天目山一帶的鹹筍乾，義烏的大頭菜，紹興的霉乾菜，上虞的霉千張。浙江明明靠海，但有名的不是鮮魚，奇怪卻是鹹魚，比如玉環的鹹帶魚，寧波的鹹蟹，鹹鰻鯗，鹹烏魚蛋，龍頭考，鹹黃泥螺。

寧波又有一種臭冬瓜，吃不慣的人是連聞都不能聞的，味若爛屍，可是愛吃的人覺得非常鮮，還有一種臭莧梗也是如此。紹興則有臭豆。

魯迅先生是浙江人，他懷疑浙江祖上人也許不知遭過多大的災荒，才會傳下這些乾鹹臭食品。我看不是由於飢饉，而是由於戰亂遷徙，因為浙江並非鬧災的省分。中國歷史上多戰亂，亂則人民南逃，長途逃難則食品匱乏，只要能吃，臭了也得吃。要它不壞，最好的辦法是晾乾醃製，隨身也好攜帶。到了安居之地，則將一路吃慣了的乾鹹臭保留下來傳下去，大概也有祖宗的警示，好像我們親歷過的「憶苦思甜」。廣東的客家人也是歷代的北方逃難者，他們的食品也是有乾鹹臭的。

中國人在吃上，又可以挖空心思到殘酷。

雲南有一種「狗腸糯米」，先將狗餓上個兩三天，然後給牠生糯米吃，餓狗囫圇，估計糯米到了狗的「十二指腸」（狗的這一段是否有十二個手指並起來那麼長，沒有量過），將狗宰殺，只取這一段腸蒸來吃。說法是食物經過胃之後，小腸開始大量分泌蛋白酶來造成食物的分化，以利吸收，此時吃這一段，「補得很」。

還是雲南，有一種「烤鵝掌」，將鵝吊起來，讓鵝掌正好踩在一個平底鍋上，之後在鍋下生火。鍋慢慢燙起來的時候，鵝則不停地輪流將兩掌提起放下，直至燙鍋將牠的掌烤乾，之後單取這鵝掌來吃。說法是動物會調動牠自己最精華的東西到受侵害的部位，此時吃這一部位，「補得很」。

這樣的吃法已經是兵法了。

相較中國人的吃，動物，再凶猛的動物，吃起來也是樸素的，表情平靜。牠們只是將獵物咬死，然後食其血或肉，然後，就拉倒了。牠們不會煎炒烹炸熬煸炖涮，不會將魚做成松鼠的樣子，美其名曰「松鼠桂魚」。你能想像狼或豹子挖空心思將人做成各種餚饌才吃嗎？例如爆人腰花，炒人里脊，炖人手人腔骨，醬人肘子，鹵人耳朵，涮人後脖子肉，醃臘人火腿，乾貨則有人鞭？

吃，對中國人來說，上升到了意識形態的地步。「吃哪兒補哪兒」，吃豬腦補人腦，這個補如果是補智慧，真是讓人猶豫。吃猴腦則是醫「羊癇瘋」也就是「癲癇」，以前刑場邊上總有人端著個碗，等著拿犯人死後的腦漿回去給病人吃，有時病人親自到刑場上去吃。「吃鞭補腎」，如果公鹿的性激素真是由吃牠的相應部位就可以變為中國男人的性激素，性這件事也真是太簡單了。不過這是意識形態，是催眠，所謂「信」。海參，魚翅，甲魚，都是暗示可以補中國男女的性分泌物的食品，同時也就暗示性的能力的增強。我不吃這類東西，只吃木耳，植物膠質蛋白，而且木耳是潤肺的，我抽菸，正好。

我在以前的《閑話閑說》裡聊過中國飲食文化的起因：

中國對吃的講究，古代時是為祭祀，天和在天上的祖宗要聞到飄上來的味兒，才知道俗世搞了些什麼名堂，是否有誠意，所以供品要做出香味，味要分得出級別與種類，所謂「味道」。遠古的「燎祭」，其中就包括送味道上天。《詩經》、《禮記》裡這類鄭重描寫不在少數。

前些年大陸文化熱時，用的一句「魂兮歸來」，在屈原的《楚辭．招魂》裡，是引出無數佳餚名稱與做法的開場白，屈子歷數人間烹調美味，誘亡魂歸來，高雅得不得了的經典，放鬆來讀，是食譜，是菜單。

咱們現在到無論多麼現代化管理的餐廳，照例要送上菜單，這是古法，只不過我們這種「神」或「祖宗」要付鈔票。

商王湯時候有個廚師伊尹，因為烹調技術高，湯就讓他做了宰相，烹而優則仕。那時煮飯的鍋，也就是鼎，是國家最高權力的象徵，閩南話現在仍稱鍋為鼎。

極端的例子是烹調技術可以用於做人肉，《左傳》、《史記》都有紀錄，《禮記》則說孔子的學生子路「醢矣」，「醢」讀如「海」，就是人肉醬。

轉回來說這供饌最後要由人來吃，世俗之人嘴越吃越刁，終於造就一門藝術。

現在呢，則不妨將《招魂》錄出：

室家遂宗，食多方些。
稻粢穱麥，挐黃粱些。
大苦鹹酸，辛甘行些。
肥牛之腱，臑若芳些。
和酸若苦，陳吳羹些。
胹鱉炮羔，有柘漿些。
鵠酸臇鳧，煎鴻鶬些。

露雞臛蠵，厲而不爽些。
粔籹蜜餌，有餦餭些。
瑤漿蜜勺，實羽觴些。
挫糟凍飲，酎清涼些。
華酌既陳，有瓊漿些。
歸來返故室，敬而無妨些。

這樣的食譜，字不必全認得全懂，但每行都有我們認得的糧食，家畜野味，酒飲，烹調方法。如此豐盛，魂兮胡不歸！

這個食譜，涉及了《禮記．內則》將飲食分成的飯、膳、饈、飲四大部分。先秦將味原則為「春酸、夏苦、秋辛、冬鹹」，這個食譜以「大苦」領首，說明是夏季，更何況後面還有冰鎮的「凍飲」，也就是我們現在說的冷飲。

難怪古人要在青銅石器上鑄饕餮紋。饕餮是警示不要貪食，其實正暗示了所盛之物實在太好吃了。

說了半天都是在說嘴，該說說胃了。

食物在嘴裡的時候，真是百般滋味，千般享受，所以我們總是勸人「慢慢吃」，因為一嚥，就什麼味道也沒有了，連辣椒也只「辣兩頭兒」。嘴和肛門之間，是由植物神經管理的，這當中只有涼和燙的感覺，所謂「熱豆腐燒心」。

食物被嚥下去後，經過食管，到了胃裡。胃是個軟磨，將嚼碎的食物再磨細，我們如果不是細嚼慢嚥，胃的負擔就大。

經過胃磨細的食物到了十二指腸，重要的時刻終於來臨。我們千辛萬苦得來的口中物，能不能化成我們自己，全看十二指腸分泌出什麼樣的蛋白酶來分解，分解了的，就吸收，分解不了吸收不了的，就「消化不良」。

消化不良，影響很大，諸如打嗝放屁還是小事，消化不良可以影響到精神不振，情緒惡劣，思路不暢，怨天尤人。自己煩倒還罷了，影響到別人，雞犬不寧，妻離子散不敢說，起碼朋友會疏遠你一個時期，「少惹他，他最近有點兒精神病。」

小的時候，長輩總是告誡不要挑食，其中的道理會影響人一輩子。人還未發育成熟的時候，蛋白酶的構成有很多可能性，隨著進入小腸的食物的種類，蛋白酶的種類和結構開始逐漸形成以至固定。這也就是例如小時候沒有喝過牛奶，大了以後凡喝牛奶就拉稀瀉肚。我是從來都拿牛奶當瀉藥的。亞洲人，例如中國人、日本人、韓國人到了牛奶多的地方，例如美國，絕大多數都出現喝牛奶即瀉肚的問題，這是因為亞洲人小時侯牛奶喝得少或根本沒有得喝，因此缺乏某種蛋白酶而造成的。

牛奶在美國簡直就是涼水，便宜，新鮮，管夠。望奶興嘆很久以後，我找到一個辦法，將可口可樂摻入牛奶，喝了不瀉。美國專門出一種供缺乏分解牛奶的蛋白酶的人喝的牛奶，其中摻了一種酶。這種牛奶不太好找，名稱長得像藥名，總是記不住，算了，還是喝自己調的牛奶吧。

不過，「起士」或譯成「起司」的這種奶製品我倒可以吃。不少中國人不但不能吃，連聞都不能聞，食即嘔吐，說它有一種腐敗的惡臭。腐敗，即是發酵，動物蛋白質和動物脂肪發酵，就是動物的屍體腐敗發酵，臭起來真是昏天黑地，我居然甘之如飴，自己都感到不可思議。我是不吃臭豆腐的，一直沒有過這一關。臭豆腐是植物蛋白和植物脂肪的腐敗發酵，差了一個等級，我居然喜歡最臭的而不喜歡次臭的，是第二個自己的不可思議。

分析起來，我從小就不吃臭豆腐，所以小腸裡沒有能分解它的蛋白酶。我十幾歲時去內蒙古插隊，開始吃奶皮子，吃出味道來，所以成年以後吃發酵得更完全的起士，沒有問題。

陝西鳳翔人出門到外，帶一種白土，俗稱「觀音土」，水土不服的時候食之，就舒暢了。這白土是鹼性的，可見鳳翔人在本鄉是胃酸過多的，飲本地的鹼性水，正好中和。

所以長輩「不要挑食」的告誡會影響小孩子的將來，道理就在於你要盡可能早地，盡可能多地吃各種食物，使你的蛋白酶的形成盡可能的完整，於是你走遍天下都不怕，什麼都吃得，什麼都能消化，也就有了幸福人生的一半了。

於是所謂思鄉，我觀察了，基本是由於吃了異鄉食物，不好消化，於是開始鬧情緒。

我注意到一些會寫東西的人到外洋走了一圈，回到中國之後發表一些文字，常常就提到飲食的不適應。有的說，西餐有什麼好吃？真想喝碗粥，就鹹菜啊。

這看起來真是樸素，真是本色，讀者也很感動。其實呢？真是挑剔。

我就是這樣一種挑剔的人。有一次我從亞歷桑納州開車回洛杉磯。我的旅行經驗是，路上帶一袋四川榨菜，不管吃過什麼洋餐，嚼過一根榨菜，味道就回來了，你說我挑剔不挑剔？

話說我沿著十號州際高速公路往西開，早上三明治，中午麥當勞，天近傍晚，路邊突然閃出一塊廣告牌，上寫中文「金龍大酒家」，我毫不猶豫就從下一個出口拐下高速公路。

我其實對世界各國的中國餐館相當謹慎。威尼斯的一家溫州人開的小館，我進去要了個炒雞蛋，手藝再不好，一個炒蛋總是壞不到哪裡去吧？結果端上來的炒雞蛋炒得比鹽還鹹。我到廚房間去請教，溫州話我是不懂的，但掌勺兒表明「忘了放鹽」我還是懂了。其實，是我忘了浙江人是不怕鹹的，不過不怕到這個地步倒是頭一次領教。

在巴黎則是要了個麻婆豆腐，可是什麼婆豆腐都可以是，就不是麻婆豆腐。麻婆豆腐是家常菜呀！熗油，炸鹽，煎少許豬肉末加冬菜，再煎一下郫縣豆瓣，油紅了之後，放豆腐下去，勾芡高湯，蓋鍋。待豆腐騰地漲起來，起鍋，撒生花椒面，青蒜末，蔥末，薑末，就上桌了，吃時拌一下，一頭汗馬上吃出來。

看來問題就出在家常菜上。家常菜原來最難。什麼「龍鳳承祥」，什麼「松鼠桂魚」，場面菜不常吃，吃也是為吃個場面，吃個氣氛，吃個客氣，不好吃也不必說，難得吃嘛。家常菜天天吃，好像畫牛，場面菜不常吃，類似畫鬼，「畫鬼容易畫牛難」。

好，轉回來說美國西部蠻荒之地的這個「金龍大酒家」。我推門進去，站櫃的一個婦人迎上來，笑容標準，英語開口，「幾位？」我覺得有點不對勁，因為從她肩上望過去，座上都是牛仔的後代們，我對他們毫無成見，只是，「您這裡是中國餐館嗎？」

「當然，我們這裡請的是真正的波蘭師傅。」

到洛杉磯的一路上我都在罵自己挑剔。波蘭師傅怎麼了？波蘭師傅也是師傅。我又想起來貴州小鎮上的小飯館，進去，師傅迎出來，「你炒還是我炒？」中國人誰不會自己炒兩個菜？「我炒。」

所有佐料都在灶台上，揀揀菜，抓抓碼，叮噹五四，兩菜一湯，吃得頭上冒汗。師傅蹲在門口抽菸，看街上女人走路，蒜瓣兒一樣的屁股扭過來又扭過去。

所以思鄉這個東西，就是思飲食，思飲食的過程，思飲食的氣氛。為什麼會思這些？因為蛋白酶在作怪。

老華僑葉落歸根，直奔想了半輩子的餐館、路邊攤，張口要的吃食讓親戚不以為然。終於是做好了，端上來了，顫巍巍伸筷子夾了，入口，「味道不如當年的啦。」其實呢，是老了，味蕾退化了。

老了的標誌，就是想吃小時候吃過的東西，因為蛋白酶退化到了最初的程度。另一個就是覺得味道不如從前了，因為味蕾也退化了。七十歲以上的老人對食品的評價，兒孫們不必當真，我老了的話，會三緘吾口，日日喝粥就鹹菜，能不下廚就不下廚，因為兒孫們吃我炒的蛋，可能比鹽還鹹。

與我的蛋白酶相反，我因為十多歲離開北京，去的又多是語言不通的地方，所以我在文化上沒有太多的「蛋白酶」的問題。在內蒙，在雲南，沒有人問過我「離開北京的根以後，你怎麼辦？你感覺如何？你會有什麼新的計畫？」現在倒是常常被問到「離開你的根以後，你怎麼辦？你感覺如何？你適應嗎？」我的根？還不是這裡扎一下，那裡扎一下，早就是個老盲流了，或者用個更樸素的詞，是個老「流氓」了。

你如果盡早地接觸到不同的文化，你就不太會大驚小怪。不過我總覺得，文化可能也有它的「蛋白酶」，比如母語，制約著我這個老盲流。

一九九六年二月　加州洛杉磯

02 愛情與化學

這個題目換成「化學與愛情」，也無所謂。不過，我們的秩序文化裡，比如官場中接見時的名次序列，認為排在前面的一定高貴，或者比較重要，就好像判死刑之後，最先拉出去槍斃的總應該是首犯吧。魯迅先生有過一個講演，題目是「魏晉風度與藥及酒的關係」，很少有人認為其中三者的關係是平等的，魏晉風度總是比較重要的吧。因此，把「愛情」放在前面，無非是容易被注意，查一下頁數，翻到了，看下去，雖然看完了的感想可能是「煞風景」。

那這個容易引起注意的愛情，是什麼呢？我猜這是一個被視為當然而可能不太了解所以然的問題，不過題目已經暗示了，愛情，與化學有關係。

一定有人猜，是不是老生常談又要講性荷爾蒙也就是性激素了？不少人談到愛情的性基礎時，都說到荷爾蒙。其實呢，性荷爾蒙只負責性成熟，因此會有性早熟的兒童，或者性成熟的智障者，十多年前韓少功的小說《爸爸爸》可以是一個例子。順便說一下的是，當代中國大陸的小說裡，瘋子和傻子不免多了一點，連帶著電影裡也常搞些瘋子傻子說說「真話」。中國古典小說中常常出現癲僧，說出預言或題旨，因此「癲」是有傳統的。

性成熟的人不一定具愛情的能力。那麼愛情的能力從哪裡來呢？「感情啊」，無數小說、戲劇、電影、電視連續劇都「證明」過，有點「謊言千遍成真理」的味道，而且味道好到讓我們喜歡。其實呢，愛情的能力從化學來，也就是從性成熟了的人的腦中的化合物來。

不過，話要一句一句地說。先說腦。

《兒子與情人》的作者勞倫斯說過，「性來自腦中」，他的話在生理學的意義上是真理，可惜他的意思並不是指生理學的腦。

我們來看腦。

人腦是由「新哺乳類腦」例如人腦，「古哺乳類腦」例如馬的腦和「爬蟲類腦」例如鱷魚的腦組成的，或者說，人腦是在進化中層層疊加形成的。

古哺乳類腦和爬蟲類腦都會直接造成我們的本能反應。比如，如果你的古哺乳類腦強，你就天生不怕老鼠，而如果你的爬蟲類腦強，你就不怕蛇。我們常常會碰到怕蛇卻不怕老鼠，或者怕老鼠而不怕蛇的人。好萊塢的電影裡時不時就讓無辜的老鼠或蛇糾纏一下落難英雄，這是一關，過了，我們本能上就感覺逃脫一劫，先鬆口氣再說。

我是天生厭蛇的人，有一次去一個以蛇為寵物的新朋友家，著實難過了兩個鐘頭，深為自己有一個弱的爬蟲類腦而煩惱。順便要提醒的是，千萬不要拿本能的恐懼來開玩笑，比如用蛇嚇女孩子，本能的恐懼會導致精神分裂的，後果會非常非常糟糕。

爬蟲類腦位於腦的最基層，負責生命的基本功能，其中的「下視丘」，有「進食中樞」和「拒食中樞」，負責餓了要吃和防止撐死，也就是負責我們人類的「食」。

下視丘還有一個「性行為中樞」，人類的「色」本能即來源於此。

我們來看下視丘中這個負責「色」的中樞。

這個中樞究竟是雄性化的還是雌性化的，在它發育的初期，並沒有定型。懷孕的母親會製造荷爾蒙，她腹中的胎兒，也會根據得自父母雙方遺傳基因染色體的組合，來決定製造何種荷爾蒙，這兩方面的荷爾蒙決定胎兒生殖器的構造與發育。

同時，這些荷爾蒙進入正在發育的胎兒的腦中，影響了腦神經細胞發育和由此而構成的聯繫網絡，決定性行為中樞的結構。腦的其他部分，相應產生「男性化腦」或「女性化腦」的基本結構。

這些「硬體」定型之後，就很難改變了。但是在定型之前，也就是腦還在發育的時候，卻是有可能出些「差池」的，當這些「差池」也定型下來的時候，就會出現例如同性戀、雙性戀的類型。當代腦科學證實了同性戀原因於腦的構造。我們常說「命」，這就是生物學意義上的命，先天性的。

從歷史記載分析，中國漢朝劉姓皇帝的同性戀比率相當高，可惜劉家的腦我們得不到了。

好，假設腦發育定型了。

腦神經生理學家證實，古哺乳類腦中的邊緣系統是「情感中樞」。因為這個中樞的存在，哺乳類比爬蟲類「有情」，例如我們常說的「舐犢情深」，哪怕牠虎豹豺狼，只要是哺乳類，都是這樣。爬蟲類則是「冷酷無情」，這怪不得牠們，牠們的腦裡沒有情感中樞。

人類製造的童話，就是在充分利用情感中樞的功能，小孩子聽了童話覺得很「真實」，大人聽到了也眼睛濕濕的。童話裡的小紅帽兒呢？由於情感中樞的本能趨使，結果讓大灰狼吃了自己的奶奶，又全靠比情感中樞多了一點聰和明，免於自己被吃。

常說的「親兄弟明算賬」，無非是怕自己落到童話的境界。話說回來，情感中樞對人類很重要，因為它使「親情」、「友情」乃至「愛情」成為可能，不過說到現在，愛情還只是「硬體」的可能罷了。

在這個邊緣系統最前端的腦隔區，是「快感中樞」。經典的性高潮，是生殖器神經末梢將所受的刺激，經由脊髓傳到腦隔區，積累到一個程度，腦隔區的神經細胞就開始放電，於是人才會有性高潮體驗。不過，腦神經生理學家用微電流刺激腦隔區，或者將劑量精確的乙醯膽鹼直接輸入到腦隔區，腦隔區的神經細胞也能放電，同樣能使人產生性高潮體驗。這證明了性高潮是腦的事，可以與我們的生殖器神經末梢無關。

我相信不少人聽說原來如此，會覺得真是煞風景，白忙了。當初這個腦神經生理關係發現之後，確實有人擔心人類會成為電極的性奴隸，你我不過是些男女電池，現在看來還不至於，不過毒品對腦隔區也會產生同樣的影響，倒是我們要注意的。

臨床報告說，有些脊髓受傷的男性，陰莖仍然可以勃起乃至射精，卻沒有性高潮體驗；另一種則是生殖器麻木不仁，卻能由刺激第二性感區，甚至手臂胸腹而產生性高潮體驗。我以前在北京朝陽門內有個忘年交，一個當年宮裡的粗使太監告訴過我，「咱們也能有那麼回事兒」，我知道他沒吹牛，因為太監制度只嚴格在下身，斷絕精子的產生與輸出，同時也斷絕男性激素的產生，但是，上面的腦隔區的「快感中樞」卻還在，也算百密一疏吧。

不過，邊緣系統中，還有一個「痛苦中樞」，難為它恰好與「快感中樞」為鄰，於是不管快感中樞還是痛苦中樞放電，常常「城門失火，殃及池魚」，使另一個中樞受到影響。所以俗說的「打是疼，罵是愛」，或者文說的性虐狂或受虐狂（俗稱「賤」），即來源於兩個中樞的鄰里關係。

「喜極而泣」，「樂極生悲」，「極」，就是一個中樞神經細胞放電過量，影響到另一個中樞的神經產生反應。女性常會在性高潮之中或之後哭泣，雄猿猴在憤怒的時候，陰莖會勃起，這是兩個中樞共同反應，而不是哲學上說的「物極必反」。我認識的一個小提琴高手，凡拉憂鬱的曲子，褲襠裡就會硬起來，為此他很困擾，我勸他不妨在節目單裡印上痛苦中樞與快感中樞的腦神經生理結構常識。

我初次見馬友友演奏大提琴時的面部表情，很被他毫無顧忌的類似性行為時的面部表情分神。演奏家，尤其在演奏浪漫派音樂時，都控制不了他們自己的面部表情。

能直接作用於邊緣系統也就是情感中樞的藝術是音樂。音樂由音程、旋律、和聲、調性、節奏直接造成「頻律」（不是旋律），假如這個頻律引起痛苦中樞或快感中樞的強烈共振（不是共鳴）而導致放電，人就被「感動」，悲傷，興奮，沮喪，快活。同時，腦中的很多記憶區被激活，於是我們常常聽到或看到這樣的傾訴，「它使我想起了什麼什麼……」每個人的經驗記憶有不同，於是這個「頻律」，也就是「作品」，就被賦予多種意義了。名噪一時的「閱讀理論」，過於將「文本」自我獨立，所以對音樂文本的解釋一直施展不利，因為音樂是造成頻律直接影響中樞神經的反應，理性「來不及」摻入。

有一種使母牛多產奶的方法是放音樂給牠聽，道理和人的生理反應機制差不多，幸虧牛不會成為音響發燒友，否則養牛也真是會破產的。

景象和視覺藝術則是通過視神經刺激情感中樞，聽覺和視覺聯合起來同時刺激情感中樞的時候，我們難免會呼天搶地。不過刺激久了也會麻木，仰拍青松，號角嘹亮，落日餘暉，琴音抖顫，成了令人厭煩的文藝腔，只好點菸沏茶上廁所。

音樂可以不經由性器而產生中樞神經放電導致快感，因為不經由性器，所以道德判斷為「高尚」，所以我們可以一遍一遍地聽而無「耳淫」的壓力，所以我們說我們得到「淨化」。孔子說聽韶樂後不知肉味，你看，連「進食中樞」都被抑制了，非常淨化，不過孔子說的是實話。

說起來，藝術無非是千方百計產生一種頻律，在展示過程中加強這個頻律，聽者、讀者用感官得到這個頻律，而使自己的情感中樞放電。我們都知道軍隊通過橋樑時不可以齊步走，因為所產生的諧振會逐漸增強，以至橋樑垮掉。巴哈的音樂就有軍隊齊步走過橋樑的潛在危險。審美，美學，其實可以解釋得很樸素或直接，再或者說，解釋得很煞風景。

常說的「人之異於禽獸幾何」，笑話講成「人是因為會解幾何題，才與畜生不一樣」。不過分子生物學告訴我們，人與狒狒的DNA百分之九十五點四是相同的，與最近的親戚矮黑猩猩、黑猩猩、大猩猩的DNA百分之九十九是相同的，也就是說，「人之異於禽獸不過百分之一」，很具體，很險，很慶幸，是吧？

不過在腦的構成裡，人是因為新哺乳類腦中的前額葉區而異於禽獸的。這個前額葉區，主司壓抑。前額葉區如果被破壞，人會喪失自制力，變得無計畫性，時不時就將爬蟲類腦的本能直接表達出來，令前額葉區沒有被破壞的人很尷尬，前者則毫不在意。

說到現在，我們可以知道，爬蟲類腦，相當於精神分析裡所說的「原我」和「原型」或「潛意識」和「集體潛意識」；新哺乳類腦裡的前額葉區，相當於「超我」；「自我」在哪裡？不知道。美國國家精神衛生署（不是精神文明署，因為縮寫為NIMH）腦進化與行為研究室的主任麥克連說，「躺在精神科沙發上的，除了病人，還有一匹馬，一條鱷魚」，這比佛洛伊德的說法具體明確有用得多了。

壓抑是文明的產物。不過這麼說也不全對，因為比如狼的壓抑攻擊的機制非常強，它們的遺傳基因中如果沒有壓抑機制的組合，狼這個物種早就自己把自己消滅了。這正說明人之所以為人，是因為能夠逐步在前額葉區這個「硬件」裡創造「壓抑軟件」的指令，控制爬蟲類腦，從蒙昧、野蠻以至現在，人類將這個「逐步」劃分為不同階段的文明，文明當然還包括人類創造的其他。不同地區、民族的「壓抑軟件」的程序及其他的不同，是為「文化」。

古希臘文化裡，非理性的戴奧尼索斯也就是酒神精神，主司本能放縱；理性的阿波羅也就是太陽神精神，主司抑制，兩者形成平衡。中國的孔子說「吾未見有好德如好色者」，一針見血，挑明了本能與壓抑本能的關係。

不幸文化不能由生物遺傳延續，只能通過學習。孔子說「學而優則仕」，學什麼？學禮和技能，也就是當時的權力者維持當時的社會結構的「軟件」，學好了，壓抑好了，就可以「聯機」了，「則仕」。學不好，只有「當機」。一直到現在，全世界教育的本質還是這樣，畢業證書是給社會組織看的。受過高等教育的人，臉上或深或淺都是蓋著「高等壓抑合格」或「高等偽裝成功」的印痕，換取高等的社會待遇。

前面說過的快感中樞與痛苦中樞的鄰里關係，還會產生「享受痛苦」的現象。古老文化地區的詩歌、小說、戲劇、電影，常常以悲劇結尾，以苦為美。我去台北隨朋友到KTV，裡面的歌幾乎首首悲音，閩南語我不懂，看屏幕上打出的字幕，總是離愁別緒，愛而不得，愛之苦痛等等，但這確實是娛樂，消費不低的娛樂。

一般所謂的「深刻」、「悲壯」、「深沉」等等，從腦神經的結構來看，是由痛苦中樞放電而影響到快感中樞，於是由苦感與快感共同完成滿足感。

如果痛苦不能導致快感，就只有「悲慘」而無「悲壯」。這就像巧克力，又苦又甜，它產生的滿足感強過單純的糖，可是我們並不認為巧克力比糖「深刻」。

所以若說「『深刻』、『悲壯』裡有快感」，我相信不少人一定會有被褻瀆的感覺。這說明文化軟件裡的不少指令是生理影響心理，心理影響文化，文化的軟件形成之後，通過學習再返回來影響心理，可是卻很難再進一步明白這一切源於生理。文化形成之後，是集體的形態，有種「公理」也就是不需證明的樣子，於是文化也是暴力，它會鎮壓質疑者。

「沉雄」、「冷峻」、「壯闊」、「亢激」、「顫慄」、「蒼涼」，你讀懂這些詞並能陶醉其中時，若還能意識到情感上的優越，那你開始對快感有「深刻」的感覺了，可是，虛偽也會由此產生，矯情的例子比比皆是，歷歷在目。

中國文化裡的「享受痛苦」，一直有很高的地位，單純的快樂總是被警惕的。「苦其心志，餓其體膚，天將降大任於斯」，雖然苦痛但心感優越，警惕「玩物喪志」，責備「渾身投有二兩重」。我們可以看出一個很清晰的壓抑的文化軟件程序，它甚至可以達到非常精緻的平衡，物我兩忘，但它也可以將一個活潑的孩子搞得少年老成。

不過前額葉區是我們居然得以有社會組織生活的腦基礎，我們可要小心照顧它，過與不足，都傷害到人類本身。人類如果有進步，前額葉區的「壓抑軟件」的轉換要很謹慎，這個謹慎，可以叫做「改良」。

「無產階級文化大革命」是一次軟件設計，它輸入前額葉區的是「千條萬緒就是一句話：造反有理」和「革命不是請客吃飯，不是做文章，不是繪畫繡花，不能那樣雅緻，那樣從容不迫、文質彬彬，那樣溫良恭儉讓」。將新哺乳類腦的情感中樞功能劃限於「階級感情」，釋放爬蟲類腦，「革命是暴動，是一個階級推翻一個階級的暴烈的行動」，「要武嘛」。當時的眾多社論，北京清華附中「紅衛兵」的「三論造反有理」，都是要啟動釋放爬蟲類腦功能的軟件程序。

「三論造反有理」同時是一組由刺激痛苦中樞轉而達到快感的範文，好萊塢的英雄片模式也是這樣，好人一定要先受冤枉，受暴力之難，刺激觀眾的痛苦中樞，然後好人以暴力克服磨難，由快感中樞完成高潮，影片適時結束。

由於前額葉區的壓抑作用，人類還產生了偷窺來紓解心理和生理上的壓抑。爬蟲類和古哺乳類不偷窺，牠們倒是直面「人」生的。藝術提供了公共偷窺，視覺藝術則是最直接的偷窺，偷窺包裝過的或不包裝的暴力與性。

扯得真是遠了，愛情還在等待，不過雖然慢了一點兒，但是前面的囉嗦會使我們免去很多麻煩。

人類的「杜萊特氏症」（編按：今譯妥瑞症）歷史悠久，生動的病歷好看過小說。這種症狀是因為病人腦中的「基底核」不正常造成的。基底核負責製造「鄰苯二酚乙胺」，即「多巴胺」，多巴胺過多，人就會猛烈抽搐或者性猖狂。多巴胺過少，結果之一為「帕金森氏症」，治療的方法是使用「左多巴」，注意量要精確，否則老紳士老淑女會變成色情狂的。

你覺得可以猜到愛情是什麼了吧？且慢，愛情不僅僅是多巴胺。

腦神經生理學家發現，人腦中的三種化學物質，多巴胺（dopamine），去甲腎上腺素（norepinephrine）和 phenylethylamine（最後這種化學物我做不出準確譯名，總之是苯和胺的化合物）（編按：一般將 phenylethylamine 譯為苯乙胺，即所謂的「愛情激素」）。當腦「浸」於這些化學物質時，人就會墜入情網，所謂「一見鍾情」，所謂「愛是盲目的」，所謂「烈火乾柴」等等，總之是進入一種迷狂狀態。詩歌，故事，小說，戲劇，電影，對此無不謳歌之描寫之得意忘形，所謂「永恆的題材」。

今年《收穫》第四期上有葉兆言的小說〈一九三七年的愛情〉，我讀的時候常常要猜男主人公丁問漁腦裡的基底核的情況，有時想，覺得可以戲仿「字典小說」寫成一部「病歷小說」。從症狀上看，丁問漁的基底核有些問題，多巴胺濃度稍稍高了一點，但他的前額葉區裡的文化抑制軟件裡，有一些他所在地區的文化軟件裡沒有的「騎士精神」，所以他還不至於成為真正的性猖狂。「騎士精神」是歐洲文化裡「享受痛苦」、性自虐的表現之一，塞萬提斯筆下的唐吉訶德的悲劇是歐洲文化中時間差的悲劇，桑丘用西班牙的世俗智慧保護了主人，葉兆言筆下的丁問漁的悲劇則不但是時間差而且是文化空間差的悲劇，南京車夫和尚顯然不是桑丘，連自身都難保。丁問漁的悲劇有中國百年來一些癥結的意味，卻難得丁問漁不投機。葉兆言要處理的真是很複雜，可惜丁問漁死得簡單了，從悲劇來講，他死得有點不「必然」。不過我這麼講實在是一種監工式的站著說話不腰疼，何況我還不配監工。

上面提到的腦中的三種化學物質，生物學上的意義是使性成熟的男性女性產生迷狂，目的是交配並產生帶有自己遺傳基因的新載體，也就是子女後代。男女交合後，雙方的三種化學物質並不消失，而是持續兩到三年，這時若女方懷孕，迷狂則會表現出「親子」，「無私的母愛」，俗說「護犢子」、「孩子是自己的好」。我如果說「母性」無所謂偉大不偉大，只是一種化學物質造成的迷狂，一定會得罪天下父母心，但腦生理學認為，這正是人為了維護帶有自己基因的新生兒達到初步獨立程度的不顧一切，這個初步，包括識別食物，獨立行走，基本語言表達，也就是腦的初步成熟。爬蟲類和古哺乳類的後代的腦是在卵和胎的時期就必須成熟。牠們一降生，已經會識別食物和行走。爬蟲類只護卵，小爬蟲一破殼，就各自為政；古哺乳類則短期護犢，之後將小獸驅離，就像我們從前在日本藝術科教片《狐狸的故事》裡看到的。

人腦中的上述三種化學物質「消失」後，腦生理學家還沒有找出我們不能保持它們的原因，你們大概要關心迷狂之愛是不是也要消失了？當然，雖然很殘酷，「老婆（也可以換成老公）是別人的好」。生物遺傳學家解釋說，遺傳基因的這種安排，是為了將「迷狂」的一對分開，因為從偶然率上看，交配者的基因不一定是最佳的，只有另外組合到一定的數量，才會產生最佳的基因組合，這也是所謂的「天地不仁」吧。

基因才是我們的根本命運。當人類社會出現需要繼承的權力和財富時，人類開始向基因的「盡可能多組合」的機制挑戰，造成婚姻制度，逐漸進化到對偶血緣婚姻，以便精確確認有財富和權力繼承權的基因組合成品，並以法律保護之。這就是先秦儒家的「道」的來源，去符合它，就是「德」，否則就是「非德」，我們現在則表達為「道德」或「不道德」。古代帝王則沒有什麼道德不道德，乾脆造成太監，以確保皇宮內只有一種男性基因在游蕩。

我們的歷代文化沒有指責「食」的，至多是說「朱門酒肉臭，路有凍死骨」，這是不公平，而不是「食」本身有何不妥。不過酒有例外，因為酒類似藥，可以麻痹主司壓抑的前額葉區。酒是殷的亡國原因之一，我們很難想象現在的河南商丘地區，當年滿朝醉鬼，《禮記》上形容殷是「蕩而不靜，勝而無恥」，情況嚴重到周滅殷之後明令禁酒。

麻煩的事一直是「色」，因為色本來是求生殖的事，但基因所安排的生理化學週期並沒有料到人類會有一個因財產而來的理性的婚姻制度，它只考慮「非理性」的基因組合的優化。人類發明的對偶婚姻制度，還不到兩萬年吧，且不說廢止了還不到一百年的中國的妻妾制，這個制度還不可能影響人類基因的構成，既然改變不了，人類就只有往前額葉區輸入不斷嚴密化的文化軟件來壓抑基因的安排，於是矛盾大矣，悲劇喜劇悲喜劇多矣。

說實在的，你我不覺得「與天鬥，其樂無窮，與地鬥，其樂無窮」，終有覺悟到人非世界的中心，也就是提出環保的一天，而「與人鬥，其樂無窮」「八億人，不鬥行嗎？」同樣荒誕，但是與基因鬥，是不是有點悲壯呢？

有分教，海誓山盟，刀光劍影，紅杏出牆，貓兒偷腥，醋海波濤，白頭偕老，杜十娘怒沉百寶箱，包龍圖義鍘陳世美，羅密歐與茱麗葉，唐璜與唐吉訶德，喬太守亂點鴛鴦譜，汪大尹火燒紅蓮寺，卡門善別戀，簡愛變複雜，地獄魔鬼貞操帶，貞節牌坊守宮砂，十八年寒窯苦守，第三者第六感覺，俱往矣俱往矣又繼往開來。

清朝的采蘅子在《蟲鳴漫錄》裡記了一件事，說河南有個大戶人家的僕人辭職不幹了，別人問起原因，他說是主人家有件差事做不來。原來每天晚上都有一個老婦領他進內室，床上帳子遮蔽，有女人的下體伸出帳外，老婦要他與之交合，事後給不少錢。他因為始終看不到女人的顏面，終於支持不了，才辭職不做了。

事情似乎不堪，卻有一個文化人類學所說的「生食」與「熟食」的問題。這個僕人是「熟食」的，不是「關了燈都一樣」，他不打「生食」的工，錢多也不打。

人被迫創造了文化，結果人又被文化異化，說得難聽點，人若不被文化異化，就不是人了。愛情也是如此。古往今來的愛情敘說中，「美麗」、

「漂亮」幾乎是必提的迷狂主旋律，似乎屬於本能的判斷，其實，「美麗」等等是半本能半文化的判斷。美麗漂亮之類，常常由文化價值判斷的變化而變化。「焦大絕不會愛林妹妹」，話說得太絕對了，農村包圍城市之後，「文化大革命之中」，焦大愛林妹妹或者林妹妹愛焦大，見得還少嗎？

文化是積累的，所以是複雜的，愛情被文化異化，也因此是複雜的。相較之下，初戀，因為前額葉區裡壓抑軟件還不夠，於是陽光燦爛；暗戀，是將本能欲望藏在壓抑軟件背後，也還可以保持「純度」。追星族是初戀暗戀混在一起，迷狂得不得了，青春就是這樣，像小獸一樣瘋瘋癲癲的，祝他們和她們青春快樂。

這兩年風靡過的美國小說《麥迪遜之橋》，是一本嚴格按照腦生理常識和文化抑制機制製作的小說。首先是迷狂，女主角的血統定為拉丁，這個血統幾乎是西方文化中迷狂的符號（電影改編中女主角用梅莉史翠普，效果弱了）；迷狂的環境選在美國中部（直到現在美國中部還是以保守著稱，總統選舉的初選一直就在小說裡的愛荷華州，看看美國最基礎的價值觀大概會支持哪位競選者），這裡有佔主流的婚姻家庭傳統價值觀。小說的構造是壓抑機制成功，造成巨大的痛苦。你還記得前面介紹過的腦袋裡的那個鄰里關係嗎？於是結尾造成享受痛苦。不要輕視商業小說，它們努力要完成的正是「典型環境裡的典型性格」（俄文以前錯將「性格」譯成「人物」，中文也就跟著錯了），再運用科普常識和想像力，成品絕不偽劣假冒，當然會將我國的中年知識分子收拾得服服帖帖。

說起文化的複雜，王安憶最近的小說《長恨歌》裡透露出上海的文化軟件中有一個指令是「笑貧不笑娼」。姿色是一種資本，投資得好，利潤很大的，而貧，毫無疑義是沒有資本。其實古來即如此，不過上海開埠早，一般的中國人又多是移民，前額葉區裡的舊壓抑軟件的不少指令容易改變，於是近代商業資本意識更純粹一些，於是上海也是中國冒險家的樂園。何須下海？當年多少文化人就是湧到海裡以文化做投資，張愛玲一句「出名要早」

點出投資效益。王琦瑤初戀之後，曉得權力是男人的這個文化指令，於是性投資於李主任，不久即紅顏薄命，之後的四十多年，難能保住了李主任留下的金子，可紅顏到老還是薄命。

人腦中的邊緣系統提示我們，如果愛情消失了，我們還會有親情和友情，只要有足夠的智慧，不愁「白頭偕老」。

生物學家的非洲動物觀察報告說，群居的黑猩猩中，有時候會有一隻雄黑猩猩叱退群雄，帶著一隻自己迷戀上的雌黑猩猩，隱沒到叢林深處討生活。

一九九六年十月　上海青浦

03 藝術與催眠

不知道動物是不是，反正人類是很容易被催眠的。我猜動物不被催眠，牠們必須清醒準確，否則生存就有問題了。腿上睡了一隻貓，你撫摸牠，牠「幸福」地閉上眼，一會兒就打起呼嚕來，好像被主人催眠了，可是一旦有什麼風吹草動，牠立刻就反應，從你的腿上一躍而下，顯出貓科的英雄本色，假虎假豹一番，而主人這時卻在心裡埋怨自己的寵物「真是養不熟的」。狗也是這樣，不過狗的名聲比貓好，就是牠「忠」，「養得熟」，養得再熟，如果牠對風吹草動毫無反應，人也會怨牠。我寫過一篇小說，說有一天人成了動物的寵物，結果比人是主人有意思得多。

前兩三年，台灣興過一陣「前世」熱。起因是一個美國人，魏斯（Brian L. Weiss），耶魯大學的醫學博士，邁阿密西奈山醫學中心精神科主任，他寫了一本書《*Many Lives, Many Masters*》，聲稱通過他的催眠，被催眠者可以真的看到他或她的前世是什麼人。台灣一個出版社將魏斯的書翻譯成中文，名《前世今生——生命輪迴前世療法》，造成轟動，兩年就賣了超過四十萬本，而《前世今生》的原文版在美國六年才賣到四十萬本。

我在台北打開電視的時候，正好讓我看到台北的「前世今生催眠秀」。「秀」是show，節目的意思。被催眠的人中，不少是各類明星。現場很熱烈。

嚴格說來，這是那種既不容易證為真，也不容易證為偽的問題。世界範圍裡歷來有過不少轟動一時的「前世」案例，比如一九五六年風靡美國的暢銷書《尋覓布萊德伊·莫非》（*The Search for Bridey Merphy*），至今還可以在舊書店碰到這本書，說是催眠師伯恩施坦因將露絲·席夢思深度催眠，結果這位家庭婦女用愛爾蘭口音的英語講出她的前世：一七九八年十二月二十日生於愛爾蘭的寇克鎮，名字叫布萊德伊·莫非。席夢思講的前世都很有細節，而且前世的死期也很具體，享年六十六歲。

當時連載此書部分內容的《丹佛郵報》在轟動的情況下，派記者巴克爾去愛爾蘭尋證「布萊德伊·莫非」，結果是有符合的有不符合的，比如席夢思提到的兩個雜貨商的名字和一種兩便士的硬幣就是符合的，而她提到她前世的丈夫執教的皇后大學，當時是學院。

事情愈發轟動，質疑者也不少，《丹佛郵報》的對手、《芝加哥美國人報》就是懷疑者，於是也發起調查。不過《芝加哥美國人報》採取的是去找「露絲．席夢思」，調查的結果是露絲就住在芝加哥，有個從愛爾蘭移民來的孀子，愛叨嘮愛爾蘭的種種事情；露絲家的對面也住著一個愛爾蘭女人，婚前正是姓莫非，結論不免是露絲在深度催眠下講出的前世，是她日常所聽的再綜合。《尋覓布萊德伊．莫非》立刻自暢銷榜上掉落。

十幾年後，六十年代末英國又出了一個轟動的「前世」案例，說是南威爾士有個催眠師布洛克山姆（A. Bloxham）給一個叫簡．依萬絲的家庭主婦進行深度催眠並錄了音，結果簡回憶出自己的七個前世，從古羅馬時代的家庭主婦一直到現在的美國愛荷華的修女，非常驚人，於是英國ＢＢＣ廣播電視節目的製作人埃佛森（J. Iverson）製作了布洛克山姆的催眠錄音帶節目。

埃佛森在節目中記錄了他對簡所說過的一切的調查。簡所說的七個前世的時代的歷史學者都認為簡的敘述具有可觀的知識，可是簡說自己的歷史知識程度只到小學。簡曾敘說她的前世之一，一一九〇年是一個曾在約克某教堂的地窖裡躲避殺害的猶太婦女，根據描述，埃佛森認為那個教堂應該是聖瑪麗亞教堂，可是約克一帶的中世紀教堂都沒有地窖，除了約克大教堂，但簡否認是約克大教堂。

一九七五年春天，聖瑪麗亞教堂整修為博物館時，在聖壇下發現了一個房間，曾經是個地窖！精彩吧？

不過，威爾森（I. Wilson）在《脫離時間的心智》（*Mind Out of Time*）這本書裡對上述提出質疑。他舉了一個例子，說有一位C小姐被催眠後，回憶自己前世曾是理查二世時代女伯爵毛德（Maud）的好朋友，查證之下，C小姐對當時的細節描述相當準確，不過C小姐聲明她從來沒讀過相關的書。可惜C小姐後來洩露了一個名字「E．霍特」，追查之下，原來有個愛米麗・霍特（Emily Holt）寫過一本《毛德女伯爵》，C小姐的描述與書的內容一模一樣。

我認為C小姐不是要說謊，她只是將遺忘了的閱讀在催眠狀態下又回憶出來了。所以當我聽到「台北催眠秀」裡的明星們在催眠中敘說的「前世」差不多都是某外國公主、貴婦，我猜她們日常最動心的讀物大概是「白馬王子」，也是西方古代「純情片」的票房支持者。

被催眠後，人的回憶力增強。美國有個馬爾庫斯（F. L. Marcuse）博士寫過一本《催眠：事實與虛構》（*Hypnosis: Fact and Fiction*），書裡提到一個例子，說有個囚犯因為遺產的事需要找到他的母親，但是他從小就離開家鄉了，結果怎麼也想不起來家鄉在哪裡，而且連在哪個州都忘了。監獄裡的醫生於是將他催眠，讓他回到小時候的狀態，但還是想不起來。不過這個囚犯卻想起來小時候搭過火車，醫生就叫他回想站上播音器報站的聲音，於是在催眠的誘導下，小站站名的發音浮現腦海，可惜叫這個名字的站全美有六個。不料囚犯又想起來家鄉小鎮上一個家族的姓，結果站名和姓，讓他最終找到了母親。

催眠能幫助成年人回憶出他們幼兒園時期的老師和小朋友的名字，當然，你也猜到了，催眠也可以誘導受害者或目擊者回憶出不少現場細節，幫助警方破案。

一九九四年初美國加州有個案子，是一個叫荷莉的女子因為厭食症求醫，醫生伊莎貝拉告訴荷莉，百分之八十的厭食症是因為患者小時候受過性侵犯。結果荷莉後來想起自己五到八歲時被父親葛利騷擾、強暴過十多次。伊莎貝拉在羅斯醫生的協助下，用催眠藥催眠荷莉，荷莉於是在催眠狀態下回憶起被父親強暴的更多細節。

催眠後的第二天，荷莉開始當面指控父親，隔天，荷莉的母親要求離婚。事情鬧開了，葛利工作的酒廠解雇了葛利。

覺得莫名其妙的葛利，一狀告到法院，控告伊莎貝拉和羅斯催眠他的女兒，將亂倫的想法輸入她腦中。法院舉行了聽證會，哈佛大學的厭食症專家說兒童期遭到的性騷擾與厭食症的發展沒有關係，賓夕法尼亞州大學的心理系教授則認為催眠不具確定真相的功能，但是病人會變得敏感。結果是法庭判兩位醫生「無惡意，但確有疏忽」，賠償葛利先生五十萬美元。

因為美國這類官司每年大概有三百件，所以有一群蒙受過不白之冤的人成立了一個基金會，專門協助控告「胡亂植入記憶」的醫生。

因此催眠雖然會增強人的記憶力，但是人也會在被暗示的催眠狀態下產生虛構和扭曲，出現極為尷尬的結果。法國是搞催眠研究比較早的國家，因此法國法院不許催眠資料作為證據，美國大多數法院也規定如此。

前面提到的馬爾庫斯的那本書裡，還有一個有意思的案例是講有個男子常常會冒出一段自己也不明白的話來，聽來像一種古代語言，譬如我們突然聽到「制書律不分首從擬監斬候」的感覺。細查之下，有本書裡真有那樣一段話，這個男子在圖書館裡偶然看到過一眼。

有一種催眠學英語的方法，據說效率非常之高。我沒有去試過，我怕被誤植了一些莫名其妙的東西在腦裡，改就難了。有一個美國人當面向我指出過《洛杉磯時報》的一些拼寫錯誤。我只不過是個寫書的，又不必「打入主流社會」（天，「融入」已經能叫人假笑得臉都麻了，「打入」會是一副什麼嘴臉呢），日常在舌頭上滾來滾去的就是那麼多詞兒，應付個警察，打個問訊足夠了，碰到不懂的，知之為知之，不知為不知，誰還能宰了你？

扯遠了，回來說催眠。俄國的催眠學家瑞伊闊夫（V. Raikov）在六十年代（那時還是蘇聯）以一百六十六個容易進入深度催眠的小有藝術基礎的人為實驗對象，分別暗示他們是某某藝術大師。結果這些人在有了新的「身分」之後，不再對自己原本的名字有反應，甚至對鏡子裡的自己都不認識了。瑞伊闊夫讓他們在催眠狀態下畫畫兒、拉琴、下棋，結果下棋者的棋術令前世界國際象棋王塔爾（M. Tal）印象深刻，畫畫兒者的畫很有拉斐爾的樣子，拉提琴者的演奏像極了克萊斯勒。瑞伊闊夫據此在莫斯科科學辦過「催眠畫展」。

而且，現代「心理神經免疫學」開始注意到一個人的心理狀態怎樣影響其神經系統和免疫系統。其實古希臘就有祭司暗示病人「會在夢中見到神，神會有指示」的療病法，中國的《黃帝內經》則實在得多，不涉及神。

米瑞思（A. Meares）提到過一個催眠案例，說有個人患有嚴重的皮炎，長時間治療都不能改變，他一天到晚看著自己的皮炎，非常沮喪。後來米瑞思為他施行催眠療法，暗示他你的那些東西開始消失了，消失得越來越多，當你看到它們消失的時候，你的胳膊就垂下來了。經過兩次催眠療法，這個人的皮炎開始有改善，病好了。

魯迅嘲笑過中醫藥方裡的藥引子，諷刺說蟋蟀也要原配的。中國草醫也有不少偏方，比如我父親得了肝炎，有個偏方說要找一片南瓜葉，上面要有七顆家雀兒，也就是麻雀的屎，吃了就好了。天，到哪裡能找到？夏天收留個小雄蛐蛐兒，再留個「童養媳」，秋天一定是原配，可是一張葉子上正好落了七顆麻雀屎，這麻雀豈不都成了ＮＢＡ裡的喬丹？另有一個治肝炎的藥引子是生吞一隻活的癩蛤蟆，我父親想了很久，說他吞不下去。不過，如果你去找那樣一張南瓜葉，因其難找，找的心情必是「誠」的，催眠的結果必能調動你的生理機能；如果你真的吞下一隻活蛤蟆，自我催眠的效果也真就到了極限，「包治百病」，何只區區一個肝的發炎。

我當年做知青的時候，鄉下缺醫少藥。有個上海來的知青天天牙痛，聽說山上有個寨子裡有個巫醫會治牙痛，擇日我們一夥人就上去了，走了幾個鐘頭，大汗淋漓，到了。巫醫倒也有個巫醫的樣子，說取牛屎來，糊上，在太陽底下曬，把牙裡的蟲拔出來就好了。景象當然不堪，可天天牙痛更不堪，於是臉上糊了牛屎，在太陽底下曝曬。牛屎其實不髒的，因為牛的消化吸收能力太強了，又是反芻細嚼慢嚥，否則怎麼會吃進去的是草，擠出的是奶？又怎麼會出大力替人受罪犁田拉車？牛屎在蒙古是寶，燒飯要靠它，火力旺，燒完了只有一點灰，燒得很充分，又很乾淨。

好，終於是時候到了，巫醫將乾了的牛屎揭下來，上海來的少年人一臉的汗，但牙不痛了。巫醫指著牛屎說，你看，蟲出來了。我們探過頭去看，果然有小蟲子。屎裡怎麼會沒有蟲？沒有還能叫屎嗎？

不要揭穿這一切。你說這一切都是假的，蟲齒牙不是真有蟲，天天牙痛是因為齲齒或牙周炎。好，你說得對，科學，可你有辦法在這樣一個缺醫少藥的窮山溝兒裡減輕他的痛苦嗎？沒有，就別去摧毀催眠。只要山溝兒裡一天沒有醫，沒有藥，催眠就是最有效的，巫醫就萬歲萬萬歲。回到城裡，有醫有藥了，也輪不到你講科學，牙醫講得比你更具權威性。

神、鬼、怪，不可證明它們是否實在。中世紀的神學要證明上帝的實在，是幫倒忙，毀上帝，不過倒由這個實證引發了文藝復興的科學精神。宗教是人類的精神活動，非關實證。不少著名的科學家週末會去做禮拜，不少神職人員也在科技刊物上發表科學論文，宗教的歸宗教，科學的歸科學。科學造成的「信」與宗教的「信」，不是同一個「信」。

權威帶有催眠的功能。老中醫搭過脈後，心中有數，常常給那些沒有什麼病的人開些例如甘草之類無關痛癢的藥，認真囑咐回去如何煎，先煎什麼後煎什麼，分幾次煎，何時服用，「吃了就好了」。吃了真就好了。西醫也會同理認真開些「安慰劑」，也是吃了真就好了。如果我來照行其事，吃了白吃，因為我不具醫生資格，天可憐見，我連赤腳醫生都沒做過。小學生信老師而不信家長，常常是家長比老師馬腳露得多，權威先塌掉了。

發明「圖像凝視法」的西蒙頓治療癌症病人時，除了正規下藥理療，同時要病人想像有數百萬道光芒正在殺向癌細胞。報告上說，正規療法配合此法，癌症病人存活月數增加一倍，少數病人的腫瘤有緩解。我們不是也經過什麼「雞血療法」、「甩手療法」、「喝水療法」嗎？我母親有一次開刀，正趕上「針刺麻醉」盛行，被說服了，上了手術台，一刀下去，「麻什麼麻，疼啊！可是有外賓參觀，咱們一個黨員，怎麼好說實話呢？」關雲長刮骨療毒還要拉個人下棋轉移痛點注意力呢。

催眠可以用來減少主觀的痛感。牙科和生孩子都有心理預期的「痛」，醫生採取催眠抑制主觀的「痛」以後，真正的痛覺也會遲鈍。我記得湯沐黎畫過一幅歌頌針刺麻醉的油畫，裡面好像有個正在念《毛主席語錄》的護士，這應該是中國繪畫史上對具體催眠手段的正式紀錄，挺有歷史意義的。

「無產階級文化大革命」是一次成功的催眠秀，我們現在再來看當時的照片，紀錄片、宣言、大字報、檢討書等等，從表情到語言表達，都有催眠與自我催眠的典型特徵。八次檢閱紅衛兵，催眠場面之大，催眠效果之佳之不可思議，可以成為世界催眠史上集體催眠的典範之一。我和兩個朋友當年在北京看過一本關於催眠的書，免不了少年氣盛，議論除了導師舵手領袖統帥，完全夠格再加個催眠師。

後來做知青的時候，遇到出大力的苦活兒累活兒，所謂「大會戰」，照例是要集體唸語錄催眠的，像「一不怕苦，二不怕死」，還有「下定決心，不怕犧牲」等等。說實在的，苦和死，怕與不怕都一樣，活兒總是要幹的，逃不掉。我認為人類進步的一大動力就是怕苦，於是想方設法搞一點減輕勞苦的花招兒，輪的發明，槓桿的利用，看來看去無一不是怕苦的成果。我利用電腦寫東西，第一個理由就是可以免去抄稿之苦。

凡流行的事物，都有催眠的成分在。女人們常常不能認識自己的條件而亂穿戴，是時裝宣傳的成功同時也是自我催眠的成功。

催眠是人類的一大能力，它是由暗示造成的精神活動，由此而產生的能量驚人。藝術呢，本質上與催眠有相通的地方。

我在幾年前出過的一本書《閑話閑說》，不妨抄一下自己：

> 依我之見，藝術起源於母系時代的巫，原理在那時候大致確立。文字發明於父系時代，用來記錄母系創作的遺傳，或者用來竄改這種遺傳。
>
> 為什麼巫使藝術發生呢？因為巫是專職溝通人神的，其心要誠。表達這個誠的狀態，要有手段，於是藝術來了，誦、歌、舞、韻的組合排列，

色彩，圖形。

巫是專門幹這個的，可比我們現在的專業藝術家。什麼事情一到專業地步，花樣就來了。巫要富靈感。例如大瘟疫，久旱不雨，敵人來犯，巫又是一族的領袖、千百隻眼睛等著他，心靈腦力的激盪不安，久思不獲，突然得之，現在的詩人當有同感，所謂創作的焦慮或真誠，若遇節令、大豐收、產子等等，也都要真誠地禱謝。這麼多的項目需求，真是要專業才應付得過來。

所以藝術在巫的時代，初始應該是一種工具，但成為工具之後，巫靠它來將自己催眠進入狀態，繼續產生藝術，再將其他人催眠，大家共同進入一種催眠的狀態。這種狀態，應該是遠古的真誠。

宗教亦是如此。那時的藝術，是整體的，是當時最高的人文狀態。

藝術最初靠什麼？靠想像。巫的時代靠巫想像，其他的人相信他的想像。現在無非是每個藝術家都是巫，希望別的人，包括別的巫也認可自己的想像罷了。

藝術起源於體力勞動的說法，不無道理，但專業與非專業是有很大的區別的，與各人的先天素質也是有區別的。靈感契機人人都會有一些，但將它們完成為藝術形態並且傳下去，不斷完善修改，應該是巫這種專業人士來做的。

應該說，直到今天藝術還是處在巫的形態裡。

你們不妨去觀察你們搞藝術的朋友，再聽聽他們或真或假的「創作談」，都是巫風的遺緒。當然也有拿酒遮臉藉酒撒風的世故，因為「藝術」也可以成為一種藉口。

……

當初巫對藝術的理性要求應該是實用，創作時則是非理性。

話是引得有些顛三倒四，事情也未必真就是這樣，但意思還算明白。

藝術首先是自我催眠，由此而產生的作品再催眠閱讀者。你不妨重新拿起手邊的一本小說來，開始閱讀，並監視自己的閱讀。如果你很難監視自己的閱讀，你大概就覺到什麼是催眠了。

如果你看到哪個評論者說「我被感動得哭了」，那你就要警惕這之後的評論文字是不是還在說夢裡的話。

有些文字你覺得很難讀下去，這表明作者製造的暗示系統不適合你已有的暗示系統。

先鋒或稱前衛藝術，就是要打破已有的閱讀催眠系統。此前大家所熟悉的「間離」，比如一齣戲，大家正看得很感動，結果跑出來個煞風景的角色，說三道四，讓觀眾從催眠狀態中醒過來。台灣的「表演工作坊」有齣舞台劇叫《暗戀桃花源》，用戲中的兩個戲不斷互相間離，讓觀眾出戲入戲得很過癮。可惜《暗戀桃花源》後來拍成電影時，忘了電影也是一個催眠系統，結果一齣間離的好戲被電影像棉被包起來打不破，糟蹋了。先鋒藝術雖然打破了之前的催眠系統，必然又形成新的催眠系統，比如大家熟悉的「意識流」，於是就有新先鋒來打破舊先鋒形成的催眠系統，可是好像還沒有誰來間離「意識流」。

不過，以「新」汰「舊」很難形成積累。一味淘汰的結果會是僅剩下一個「新」，太無趣。積累是並存，各取催眠系統，好像逛街，這就有趣了。

音樂是很強的催眠，而且是最古老的催眠手段。孔子將「禮」和「樂」並重，我們到現在還能在許多儀式活動中體會得到。孔子又說過聽了「韶樂」之後，竟「三月不知肉味」，這是典型的催眠現象，關閉了一些意識頻道。

法國的普魯斯特寫過一部《追憶似水年華》，用味道引起回憶往事的過程，正是以「暗示」進入自我催眠的絕妙敘述。

電影是最具催眠威力的藝術，它組合了人類辛辛苦苦積累的一切藝術手段，把它們展現在一間黑屋子裡，電影院生來就是在模仿催眠師的治療室。燈一亮，電影散場了，注意你周圍人的臉，常常帶著典型的被催眠後的麻與乏。也有興奮的，馬上就有人在街上唱出電影主題歌，模仿出大段的對白，催眠造成的記憶真是驚人。當然，也有人回去裹在被子裡暗戀不已。

電視好一些，擺在明處，周圍的環境足以擾亂你進入深度催眠。但是人的自我催眠的能力實在太強了，哪兒都不看，專往屏幕上看，小孩子還要站得很近地看，遭父母呵斥。

自我催眠還會使人產生多重人格。作家在創作多角色的小說時，會出現這種情況，而評論家則喜好判斷那些角色的人格是否完整，或者到底哪個角色的人格是作者的人格，或者作者的人格到底是什麼樣的。敏感的讀者常常也做這類的判斷。我猜現在常搞的作家當場簽名售書的時候，趕去的讀者一定帶有一部分鑑別「假劣偽冒」的心情。我前些年也讓書商弄過兩三次這類活動，結果是讀者很失望，看來我實屬「假劣偽冒」。

有個要領獎的朋友問我「領獎時如何避免虛偽與虛榮」？這個難題可比昆德拉的「媚俗」，你怎麼做都是「媚俗」，連不做都是「媚俗」。我說，觀察，觀察觀眾，觀察頒獎人，觀察司儀，觀察環境，也觀察你自己。這實際是一個造成兩重人格的方法，將冷靜的一重留給「自己」，假如頒獎現場發生火災，你會是最先發現的。

成熟的演員是最熟練的多重人格創造者，當然有些人也會走火入魔到扮演的那一重人格裡，失去監視的人格，搞得回不過神兒來，不思飲食，所謂陷入深度自我催眠。催眠案例中，有的被催眠者並非是失去全部的「自我意識」，他們常常有一個意識頻道是清醒的，看著自己乾著急。老托爾斯泰曾經說他原本並沒有安排安娜自殺，可是安娜「自己」最後自殺了，他拿她沒有辦法。

我實在想說，審美也許簡單到只是一種催眠暗示系統。

美國的精神衛生署在八十年代研究過「多重人格」者，發現他們的腦波隨人格的轉換而不一樣。巫婆神漢常常做「靈魂附體」的事，說起來是在做多重人格的轉換，你在證明那是真的時候，先要檢查一下你自己是否被催眠和自我催眠。趙樹理在《小二黑結婚》裡寫小芹的娘是個巫婆，降神的同時還在擔心鍋裡的「米爛了」，七十年代我在鄂西的鄉下見到的一個神漢就敬業多了，靈魂屢不附體之後，他悄悄嚼了一些麻葉。他大概是累了，那時候天天學大寨，沒有農閒，降靈又是非法的。

從藝術是一種催眠來說，假如我是個寫作者，我覺得主要的不是你寫的是不是真實，而是你要寫什麼，或者你要怎麼寫；假如我是個畫畫兒的，主要的不是你畫的是不是真實，而是你要畫什麼，或者你要怎麼畫；假如我是個弄音樂的，主要的不是你造成的音響像什麼，而是你要產生怎樣的聲音，或者你要怎樣組合聲音……我可以一直假如下去，一直到你們煩我。

趁你們煩我之前，收筆。不過，你們應該意識到一個邏輯怪圈兒：我寫的這些文字是不是也是催眠呢？

一九九六年十二月　上海青浦

04 魂與魄與鬼及孔子

讀中國小說，很久很久讀不到一種有趣的東西了，就是鬼。這大概是要求文學取現實主義的結果吧。

可鬼也是現實。我的意思是，我們心裡有鬼。這是心理現實，加上主義，當然可以，沒有什麼不可以。

不少人可能記得六十年代初有過一個「不怕鬼」的運動，可能不是運動，但我當時年紀小，覺得是大人又在搞運動，而且出了一本書，叫《不怕鬼的故事》。這本書我看過，看過之後很失望，無趣，還是去聽鬼故事，怕鬼其實是很有趣的。後來長大了，不是不怕鬼，而是不信鬼了，我這個人就變得有些無趣了。

怕鬼的人內心總有稚嫩之處，其實這正是有救贖可能之處。中國的鬼故事，教化的功能很強並且確實能夠教化，道理也在這裡。不過教化是雙刃劍，既可以安天下，醇風俗，又可以「天翻地覆慨而慷」，中國「無產階級文化大革命」能夠發動，有一個原因是不少人真的聽信「資產階級上台，千百萬顆人頭落地」，怕千百萬當中有一顆是自己的。結果呢，結果是不落地的頭現在有十二億顆了。

中國文學中，魏晉開始的志怪小說，到唐的傳奇，都有筆記的隨記隨奇，一派天真。鬼故事而天真，很不容易，後來的清代蒲松齡的《聊齋誌異》，雖然也寫鬼怪，卻少了天真。

我曾因此在《閑話閑說》裡感嘆到莫言：

莫言也是山東人，說和寫鬼怪，當代中國一絕，在他的家鄉高密，鬼怪就是當地世俗構成，像我這類四九年後城裡長大的，只知道「階級敵人」，哪裡就寫過他了？我聽莫言講鬼怪，格調情懷是唐以前的，語言卻是現在的，心裡喜歡，明白他是大才。

八六年夏天我和莫言在遼寧大連，他講起有一次回家鄉山東高密，晚上近到村子，村前有個蘆葦蕩，於是捲起褲腿涉水過去。不料人一攪動，水中立起無數小紅孩兒，連說吵死了吵死了，莫言只好退回岸上，水裡復歸平靜。但這水總是要過的，否則如何回家？家又就近在眼前，於是再涉到水裡，小紅孩兒們則又從水中立起，連說吵死了吵死了。反覆了幾次之後，莫言只好在岸上蹲了一夜，天亮才涉水回家。

這是我自小以來聽到的最好的一個鬼故事，因此高興了很久，好像將童年的恐怖洗淨，重為天真。

中國文學中最著名的鬼怪故事集應該是《聊齋誌異》，不過也因此讓不少人只讀《聊齋誌異》，甚至只讀《聊齋誌異》精選，其他的就不讀或很少讀了，比如同是清代的紀曉嵐的《閱微草堂筆記》。

《閱微草堂筆記》與《聊齋誌異》不同。《聊齋誌異》標明全是聽來的，傳說蒲松齡自備茶水，請人講，他記錄下來，整理之後，加「異史氏曰」。我們常常不記得「異史氏」曰了些什麼，但是記住了故事。這也不妨是個小警示，小說中的議論，讀者一般都會略過。讀者如逛街的人，他們看的是貨色，吆喝不大聽的。

《閱微草堂筆記》則是記錄所見所聞，你若問這是真的嗎？紀曉嵐會說，我也嘀咕呢，可我就是聽人這麼說的，見到的就是這樣。所以紀曉嵐常常標明講述者，目擊的地點與時間。魯迅先生常常看《閱微草堂筆記》，我小時候不理解，隨著年齡的增長，漸漸懂了。《閱微草堂筆記》的細節是非文學性的，老老實實也結結實實。汪曾棋先生的小說、散文、雜文都有這個特徵，所以汪先生的文字幾乎是當代中國文字中僅有的沒有文藝腔的文字。

明清筆記中多是這樣。這就是一筆財富了。我們來看看是怎麼樣的一筆財富。

《閱微草堂筆記》記載了這樣一個故事，說是乾隆年間，戶部員外郎長泰公家裡有個僕人，僕人有個老婆二十多歲，有一天突然中風，晚上就死了。第二天要入殮的時候，屍體突然活動，而且坐了起來，問：「這什麼地方？」

死而復活，大家當然高興，但是看活過來的她的言行做態，卻像個男人，看到自己的丈夫也不認識，而且不會自己梳頭。據她自己說，她本是個男子，前幾天死後，魂去了陰間，閻王卻說他陽壽未盡，但須轉為女身，於是借了個女屍還魂。

大家不免問他以前的姓名籍貫，她卻不肯洩露，說事已至此，何必再辱及前世。

最初的時候，她不肯和丈夫同床，後來實在沒有理由，勉強行房，每每垂淚至天明。有人聽到過她說自己讀書二十年，做官三十年，現在竟要受奴僕的羞辱。她的丈夫也聽她講夢話說積累了那麼多財富，都給兒女們享受了，錢多又有什麼用？

長泰公討厭怪力亂神，所以嚴禁家人將此事外傳。過了三年多，僕人的死而復活的老婆鬱鬱成疾，終於死了，但大家一直不知道她是誰來附身。

用白話文複述這個故事最大的困難在於「她」與「他」的分別，不過我們可以用「他」來指說魂，用「她」來指說魄。魂是精氣神，魄是軟皮囊，所以「魂飛魄散」，一個可以飛，一個有得散。

清朝的劉熾昌在《客窗閑話》裡記載了一個故事，說有個翩翩少年公子，隨上任做縣官的父親去四川。不料過險路時馬驚了，少年人墜落崖底，魂卻一路飄到山東歷城縣的一個村子，落到這個村子一個剛死的男人的屍體裡，大叫一聲：「摔死我啦！」

他醒來後看到周圍都是不認識的人，一個老太婆摸著他說：「我兒，你說什麼摔死我了？」公子說：「你是什麼人敢叫我是你兒子？」周圍的人說：「這是你娘你都不認得了？」並且指著個醜女人說：「這是你老婆。」又指著個小孩說：「這是你兒子。」

公子說：「別瞎說了！我隨我父親去四川上任，在蜀道上落馬掉到崖底。我還沒有娶妻，哪裡來的老婆？更別說兒子了！而且我母親是皇上敕封的孺人，怎麼會是這個老太婆？」

周圍的人說：「你別說昏話了，拿鏡子自己照照吧！」公子一照，看到自己居然是個四十多歲的麻子，就摔了鏡子哭起來：「我不要活了！」大家聽了是好氣又好笑。

公子餓了，醜老婆拿糠餅來給他吃，公子覺得難以下嚥，於是掉眼淚。醜老婆說：「我和婆婆吃樹皮吃野菜，捨了臉皮才向人討了塊糠餅子給你吃，你還要怎麼著呢？」公子將她罵出門外，看屋內又破又髒，想到自己一向華屋美食，恨不得死了才好。晚上老婆領著小孩進來睡覺，公子又把他們罵出去。婆婆只好叫母子兩個同她睡。

第二天，一個老頭來勸公子，說：「我和你是老哥們兒了，你現在變成這樣，我看鄉裡不能容你這種不孝不義之人，你可怎麼辦呢？」公子哭著說：「你聽我的聲音，是你朋友的聲音嗎？」老頭說：「聲音是不一樣了，可人還是一樣啊。我知道你是借屍還魂，可你現在既然是這個人，就要做這個人該做的事，就好像做官，從高官降為低官，難道你還要做高官的事嗎？」

公子明白是這麼回事，就請教以後該如何辦。老頭說：「將他的母親作你的母親待，將他的兒子當你的兒子養，自食其力，了此身軀。」公子說自己過去只會讀書，怎麼養家餬口？老頭就想出一個辦法，說麻子原來不識字，死而復生居然會吟詩做文，宣揚出去，來看的人會很多，辦法就有了。

公子按著去做，果然來看怪事的人很多。公子趁機引經據典，很有學問的樣子，結果就有人到他這裡來讀書。公子能開館教書，收入不錯，足以養家，只是他借住在廟裡，不再回家，家裡人既得溫飽，也就隨他。

後來公子考了秀才，正好有個人要到四川去，他就寫一封信託人帶去給父親。公子的父親見了信，覺得奇怪，但還是寄了旅費讓公子來見一見。

公子到了四川家裡，父母見他完全是另一個人，不願意認他，兩個哥哥也說他是冒牌的。公子細述以前家裡的一應細節，父親倒動了心，可是母親和兩個哥哥執意要趕他走。父親想，這樣的話即使留下來，家裡也是擺不平，只好偷偷給了他兩千兩銀子，要他回山東去。

從世俗現實來說，看來我們中國人看肉身重，待靈魂輕。再進一步則是「只重衣冠不重人」，連肉身都不重要了，靈魂更無價值。上面兩個靈魂附錯體的故事，讓我們的司空見慣尖銳了一下。說起來，公子還是幸運的，到底附了個男身，不但可以罵老婆，還考了個秀才有了功名，而那個不肯說出前身的男魂，因為附了女身，糟糕透頂，可見不管有沒有靈魂，只要是女身，在一個男性社會裡就嚴重到「辱及前世」，還要「每每垂淚到天明」。紀曉嵐的這則筆記，女性或女權主義者可以拿去用，不過不妨看了下面一則筆記再說。

清代大學者俞樾在《右台仙館筆記》裡錄了個故事，說中牟縣有兄弟倆同時病死，後來弟弟又活了，卻是哥哥的魂附體。弟弟的老婆高興得不得了，要帶丈夫回房間。丈夫認為不可以，要去哥哥的房間，嫂子卻擋住房門不讓他進。附了哥哥的魂的弟弟只好搬到另外的地方住，先調養好病體再說。

十多天後，弟弟覺得病好了，就興沖沖地回家去。不料老婆和嫂子都避開了，這個附了哥哥魂的人只好出家做了和尚。

上舉三則筆記都太沉重了些，這裡有個笑裡藏「道」的。也是清朝人的梁恭辰在《池上草堂筆記》裡有一則筆記，說李二的老婆死了，托夢給李二，講自己轉世投了牛胎，托生為母牛，如果李二還顧念夫妻情分，就把她買回家。李二於是按指點去買了這頭母牛回來，養在家中後院。但是這頭母牛卻常常跑回去，在大庭廣眾之中與鄰居的公牛交配，李二也只好眼睜睜地瞧著。

民間如此，官方怎麼樣呢？史中記載，大定十三年，尚書省奏，宛平縣人張孝善有個兒子叫張合得，大定十二年三月裡的一天得病死亡，不料晚上又活過來。活了的張合得說自己是良鄉人王建的兒子王喜兒。勘查後，良鄉確有個王建，兒子王喜兒三年前就死了。官府於是讓王建與張合得對質，發現張合得對王家的事知道得頗詳細，看來是王喜兒借屍還魂，於是準備判張合得為王建的兒子。但事情超乎常理，於是層層上報到金世宗，由最高統治者定奪。

金世宗完顏雍的決定是：張合得判給王建，那麼以後就會有人借這個判例作偽，用借屍還魂來攪亂人倫．因此將張合得判給張孝善才妥善。

這讓我不禁想起孔子的「不語怪力亂神」。我小時候憑這一句話認為孔子真是一個有科學精神的人，大了以後，才懂得孔子因為社會的穩定才實用性地「不語怪力亂神」。《論語》裡的孔子是有怪力亂神的事跡的，但孔子不語怪力亂神的實用態度最為肯定。「敬鬼神而遠之」，話說得老老實實；「未知生，焉知死」，雖然可商榷，但話說得很噎人。

《孔子家語》裡記載子貢問孔子「死了的人，有知覺還是沒有」？孔子的學生裡除了顏回，其他人常常刁難他們的老師，有時候甚至咄咄逼人，我們現在如果認為孔子的學生問起話來必然恭恭敬敬，實在是不理解春秋時代社會的混亂。孔子的幾次稱讚顏回，都透著對其他的學生的無奈而小有感慨。大概除了顏回，孔子的學生們與社會的聯繫相當緊密，隨便就可以拎出個流行問題難為一下老師。這可比一九七七年後考入大學的老三屆（編按：老三屆，即中國大陸文革時期的初高中學生），手上有一大把早有了自己的答案的問題，問得老師心驚肉跳。

子貢的這一問，顯然是社會中怪力亂神多得不得了，而孔子又不語怪力亂神，於是子貢換了個角度來敲打老師。

孔子顯然明白子貢的心計，就說：「我要是說有呢，恐怕孝子賢孫們都去送死而妨害了生存；我要是說沒有呢，恐怕長輩死了不孝子孫連埋都不肯埋了。你這個子貢想知道死人有沒有知覺，這事不是現在最急的，你要真的想知道，你自己死了不就知道了嗎？」

子貢怎麼反應，沒有記載，恐怕其他的學生幸災樂禍地正向子貢起鬨呢，都不是省油的燈啊。

好像還是《孔子家語》，還是這個子貢，有一次將一個魯國人從外國贖回魯國，因此被魯國人爭相傳頌誇獎，子貢一下子成了道德標兵。孔子聽到了，吩咐學生說，子貢來了你們擋住他，我從此不要見這個人。子貢聽說了就慌了，跑來見孔子。

大概是學生們擋不住子貢，所以孔子見到子貢時還在生氣，說：「子貢你覺得你有錢是不是？」子貢是個商業人才，手頭上很有點錢，孔子的周遊列國，經濟上子貢貢獻不菲，「魯國明明有法律，規定魯國人在外國若是做了奴隸，得到消息之後，國家出錢去把他贖回來。你子貢有錢，那沒錢的魯國人遇到老鄉在外國做了奴隸怎麼辦？你的做法，不是成了別人的道德負擔了嗎？」

孔子的腦筋很清晰。哪個學生我忘記了，問孔子：「為什麼古人規定父母去世兒子要守三年的喪？」孔子說：「你應該慶幸有這麼個規定才是。父母死了，你不守喪，別人戳脊樑，那你做人不是很難了嗎？你悲痛過度，守喪超過了三年，那你怎麼求生計養家餬口？有了三年的規定，不是很方便嗎？」

孔子死後，學生中只有子貢守喪超過了三年，守了六年。以子貢這樣的商業人才，現在的人不難明白六年是多大的損失。好像是曾參跑來怪子貢不按老師生前的要求做，大有你子貢又犯從前贖人那種性質的錯誤了。子貢說，老師生前講過超出與不足都是失度（度就是中庸），我覺得我對老師感情上的度，是六年。

屢次被孔子罵的子貢，是孔子的最好的學生。顏回是不是呢？我有點懷疑，儘管《論語》上明明白白記載著孔子的誇獎。

不過扯遠了，我是說，我喜歡孔子的入世，入得很清晰，有智慧，含幽默，實實在在不標榜。道家則總有點標榜的味道，從古到今，不斷地有人用道家來標榜自己，因為實在是太方便了。我曾在《棋王》裡寫到過一個光頭老者，滿口道禪，捧起人來玄虛得不得了，其實是為遮自己的面子。我在生活中碰到不少這種人，還常常要來拍你的肩膀。汪曾祺先生曾寫過篇文章警惕我不要陷在道家裡，拳拳之心，大概是被光頭老者蒙蔽了。

不過後世的儒家，實用到主義，當然會非常壓制人的本能意識，尤其是一心只讀聖賢書的人。這必然會引起反彈，明清的讀書人於是偏要來談怪力亂神，清代的袁枚，就將自己的一本筆記作品直接名為《子不語》。我們也因此知道其實說什麼不要緊，而是為什麼要這麼說。

還有篇幅，不妨再看看明清筆記中還有什麼有趣的東西。

梁恭辰在《池上草堂筆記》裡記了個故事，說衡水縣有個婦人與某甲私通而殺了親夫，死者的侄子告到縣衙門裡去。某甲賄賂驗屍的忤作，當然結果是屍體無傷痕，於是某甲反告死者的侄子誣陷。這個侄子不服，上訴到巡按，巡按就派另一個縣的縣令鄧公去衡水縣復審。鄧公到了衡水縣，查不出證據，搞不出名堂。

晚上鄧公思來想去，不覺已到三更時分，蠟燭光忽然暗了下來。陰風過後，出現一個鬼魂，跪在桌案前，啜泣不止，似乎在說什麼。

鄧公當然心裡驚懼，仔細看這個鬼魂，非常像白天查過的那具屍體，鬼魂的右耳洞裡垂下一條白練。

鄧公忽然省悟，就大聲說：「我會為你申冤的。」鬼魂磕頭拜謝後就消失了，燭光於是重放光明。

次日一早，鄧公就找來衡水縣縣令和忤作再去驗屍。衡水縣令笑話鄧公說：「都說鄧公是個書呆子，看來真是這樣。這個人做了十年官，家裡竟沒有積蓄，可知他的才幹如何，像這種明明白白的案子，哪裡是他這樣的人可以辦的！」

話雖這樣說，可是也不得不去再驗一回屍體。到了停屍房，鄧公命人查驗屍體的右耳。忤作一聽，大驚失色。結果呢，從屍體的右耳中掏出有半斤重的棉絮。

鄧公對衡水縣縣令說：「這就是姦夫淫婦的作案手段。」婦人和某甲終於認罪。

這個故事，中國人很熟悉，包公案，狄公案，三言二拍中都有過，只不過作案的手段有的是耳朵裡釘釘子，有的是鼻子裡釘釘子，還有的是頭頂囟門釘釘子，幾乎世界各國都有這樣的作案手段，我要是個驗屍官，免不了會先在這些經典位置找釘子。

破案的路徑差不多都是托夢，鬼魂顯形，《哈姆雷特》也是這樣，只不過兇手是往耳朵裡倒毒藥，簡直是比較犯罪學的典型材料。你要是對這則筆記失望的話，不妨來看看紀曉嵐的一則。

《閱微草堂筆記》裡有一則筆記說總督唐執玉復審一件大案，已經定案了。這一夜唐執玉正在獨坐，就聽到外面有哭泣聲，而且聲音愈來愈近。唐執玉就叫婢女去看看怎麼回事。婢女出去後驚叫，接著是身體倒地的聲音。

唐執玉打開窗一看，只見一個鬼跪在台階下面，渾身是血。唐執玉大叫：「哪裡來的鬼東西！」鬼磕頭說：「殺我的人其實是誰誰誰，但是縣官誤判成另一個人，此冤一定要申啊。」唐執玉聽說是這樣，心下明白，就說：「我知道了。」鬼也就消失了。

次日，唐執玉登堂再審該案，傳訊相關人士，發現大家說的死者生前穿的衣服鞋襪，與昨天自己見到的鬼穿的相同，於是主意篤定，改判凶手為鬼說的誰誰誰。原審的縣令不服，唐執玉就是這樣定案了。

唐執玉手下的一個幕僚想不通，覺得這裡一定有個什麼道理，於是私下請教唐執玉，唐執玉呢，也就說了昨晚所見所聞。幕僚聽了，也沒有說什麼。

隔了一夜，幕僚又來見唐執玉，問：「你見到的鬼是從哪裡進來的呢？」唐執玉說：「見到時他就已經跪在台階下了。」幕僚又問：「那你見到他從哪裡消失的呢？」唐執玉說：「翻牆走的。」幕僚說：「鬼應該是一下子就消失的，好像不應該翻牆離開吧。」

唐執玉和幕僚到鬼翻牆頭的地方去看，牆瓦沒有裂痕，但是因為那天鬼來之前下過雨，結果兩個人看到屋頂上有泥腳印，直連到牆頭外。

幕僚說：「恐怕是囚犯買通輕功者裝鬼吧？」

唐執玉恍然，結果仍按原審縣令的判決定下來，只是諱言其事，也不追究裝鬼的人。

兩百多年前的那個死囚可算是個心理學家，文化學者，洞悉人文，差一點就成功了。幕僚是個老實的懷疑論者，唐執玉則知錯即改，通情達理，不過唐執玉的諱言其事，也可解作他到底是讀聖賢書出身，語怪力亂神到底有違形象。

一九九七年五月　上海青浦

05 鬼與魂與魄，這回加上神

人類學者認為「自我意識」的發生，是很晚近的。知道這一點，可以很好地避免「以今人度古人」的混亂發生。

「自我意識」對於今人，也就是當下的我們，已經是常識，而且常識到我們現在看神話，根本是以「自我意識」去理解神話，體會神話，結果常常鬧笑話。「無產階級文化大革命」中的文字材料，可以整理出一大本用現代語詞寫成的《中國當代神話笑話選》。

中國文化中，「自我意識」是什麼時候發生的呢？這個大詰問中的「中國」，是有概念問題的。傳說時代，有「中國」這個概念嗎？我姑且用我們混亂的約定俗成來講這個中國。

研究意識發展史的西方學者認為，「自我意識」的出現，起碼在埃及金字塔之後。公元前十一世紀的荷馬史詩《伊里亞德》，描述的是神話時期，那個時期，神話就是歷史。之後的《奧德賽》，則開始有了「自我意識」，這個脈絡是清晰的。

相當於《伊里亞德》的神話樣式，中國卻是公元後十六世紀的明代有一本《封神榜》，講中國在公元前十一世紀的傳說。作者陸西星是個有「自我意識」的人，來寫三千年前的神話時代，除去他使用的他的當代語詞，在神話學上，陸西星做得相當準確。

而相當於《奧德賽》，則是中國西周時的《詩經》。《詩經》裡的「頌」，是記錄神話傳說，「風」、「雅」則全是「自我意識」的作品，大部分還相當私人性，而且全無神怪。很難想像那時會產生如此具有「自我意識」的作品。

更進一步的是之後的屈原的《天問》，問上問下問東問西，差一步就是質疑神怪了。我們若設身處地於屈原，是能覺得一種悍氣和痛快的，當然其中不免有些「以今人度古人」。

不過孔子是文字記錄中最早最明確的「自我意識」者。孔子「敬鬼神而遠之」，「未能事人，焉能事鬼」，想想他處在一個什麼時代！到了漢代的董仲舒，反而「天人合一」，為漢武帝的專制張目。在此之前，只是順天命而已，沒有人視自己為神的代表。《尚書》中的周天子亦只是順天命，有一份謙遜。謙遜是一種自我意識，用來形容周代初年，也許合適也許不合適。

與董仲舒同時的司馬遷，則是自我意識很強的人，所以他的《史記》現代的中國人讀來還是同情和感嘆。司馬遷簡直就是和董仲舒對著幹，筆下的劉姓皇帝，全都沒有龍種的樣子。我懷疑司馬遷寫陳勝吳廣揭竿而起時做手腳的細節，把寫好字的布條塞到魚肚子裡，半夜學狐狸叫，像是說，你們劉家，比這也好不到哪裡去，何來的天人合一？

意識史學者葉奈思（J. Jaynes）定義過「自我意識」，即「以其思想與情感而成為一個獨特個體」。孔子和司馬遷都有事跡證明他們是有很強的自我意識的人，但這並不等於說，當時的所有的人都是如此，而且隨著時間的推移，自我意識會在社會中越來越強。相反的，自我意識在歷史和現實中，載沉載浮，忽強忽弱，若即若離，如真似假，混雜在載體之中。

這個載體，是由人類的神、鬼、魂所體現的潛意識。在人類行為的沼澤中，這些潛意識，頻頻冒泡兒，經久不息。它混雜了集體潛意識和集體潛意識中的個人經驗。

這個潛意識，常常表現為神、鬼、魂、魄。

中國人認為「魂」是類似精神的東西，人受到驚嚇，有時候會「魂飛」。「魄」呢，則是物質性的魂，所以我們常常會說「魂飛魄散」。魂飛魄散之後呢，留下的是屍。假如魂飛了而魄不散，這個屍就是僵屍。

中國民間傳說和明清筆記小說中關於僵屍的故事是很多的。清代袁枚的《子不語》裡有則「飛僵」，說有個僵屍會飛來飛去吃小孩子，村裡人發現了這個僵屍藏匿的洞，於是請道士來捉。道士讓一個人下到洞裡，不停地搖鈴鐺，這樣僵屍就不敢回洞了。道士和另外的人則在外面與僵屍鬥來鬥去，天亮的時候，僵屍倒在地上，大家用火將僵屍燒掉。

「僵屍野合」說的是有個壯士看到一具僵屍從墓中出來，到一家牆外，牆裡有個穿紅衣的婦人拋出一條白布帶子，僵屍就拉著布帶子爬牆過去了。壯士跑回墓中將棺材蓋子藏起來，不久僵屍回來了，找不到棺材蓋子，很是窘迫，於是又回到那家牆外，又跳又叫，可是紅衣婦人拒絕僵屍進去。雞叫的時候，僵屍倒在地上，壯士約了別人到這家去看，發現這家停放有一具棺材，一個女僵屍倒在棺材外面。大家知道這是僵屍野合，於是將兩具僵屍合在一起燒掉了。

如此看來，僵屍是有食、色欲望的，同時有暴力。洋僵屍也是如此，美國半夜過後，電視裡常放這類電影，喜歡僵屍題材的人可大飽眼福，同時飽受驚嚇。

我們不難看出，「魄」，可定義為爬蟲類腦和古哺乳類腦；「僵屍」，是仍具有爬蟲類腦和古哺乳類腦功能的人類屍體，它應該是遠古人類對凶猛動物的原始恐懼記憶，成為我們的潛意識。

於是，我們也可以定義「魂」，它應該就是人類的新哺乳類腦，有複雜的社會意識，如果有自我意識，也是在這裡。

中國人認為「鬼」是有魂無魄，所以鬼故事最能引起我們的興趣，牽動我們的感情，既能產生對死亡的恐懼，同時又是輪迴中的一段載體。

還是袁枚，還是《子不語》，有個「回煞搶魂」的故事。說是淮安縣有個姓李的人與妻子非常恩愛，卻在三十多歲時死了。入殮的時候，他的妻子不忍將棺材釘上，從早到晚只是哭。

按習俗人死後九到十八天，煞神會帶亡魂回家，因此有迎煞的儀式，親人都要迴避。可是這次煞神來的時候，妻子不肯迴避，她讓子女到別處去，自己留在靈堂。二更的時候，煞神押著丈夫的魂進來，放開叉繩，自顧自大吃大喝起來。丈夫的魂走近床前揭開帳子，躲在裡面的妻子就抱著他哭，可是覺得丈夫像一團冰冷的雲，於是用被子將魂裹起來。煞神一見就急了，過來搶奪，妻子大叫，子女也都跑來了，鬼只好溜掉了。妻子將包裹著的魂放到棺材裡，丈夫的屍體開始有氣，到天亮的時候，丈夫甦醒過來。這一對夫婦後來又過了二十年。

也是清代的李慶辰在《醉茶志怪》裡錄了個故事，說是有個姓朱的人有天夜裡經過一條小巷，看到一個男人在一戶人家的後窗往裡看，就上前責備說：「偷看人家，像個什麼樣子？」那個人卻不理他，還是看。

姓朱的大怒，就去拉這個人。這個人忽然回過臉來，只見他面如朽木，髮如蓬草，眼有凶光，說：「關你什麼事！」接著用手扭住姓朱的背，姓朱的覺得這個人的手涼如冰雪，抓得自己很痛，可是剎那間這個人又不見了。

姓朱的嚇得狂奔而逃。第二天有人告訴他，鬼偷看的那家人娶再嫁的媳婦。大家都說姓朱的看到的是新娘的前夫。

明清筆記小說中最多的是反映被壓抑的性的潛意識欲望，這類鬼故事最受人歡迎，中國人差不多人人都有不少這類的故事。這類鬼故事在功能上類似黃色笑話，只不過有關性的鬼故事傾向於滿足人類對於性與死亡的焦慮。

再者，就是男性在鬼故事裡滿足於總是美麗的女鬼自動投懷送抱。這在男性製造的禮法社會中活生生地總是難於遇到，遇到，則是艷遇，哪怕是鬼。

那麼男人在男鬼身上希望什麼呢？清代大學問家俞樾在《右台仙館筆記》裡記了個男鬼求嗣的故事。

咸寧地方有個姓樊的男子，好酒好賭，四十多歲就死了。他的魂到一位叔祖家裡搗亂，叔祖說：「我與你無冤無仇，你為什麼找我的麻煩？」鬼說：「我死後沒有子嗣啊。」

叔祖就不明白了，說：「你自己浪蕩，不討妻繼子嗣，怎麼怪到我頭上來了呢？而且我和你的血脈並不很近，怎麼來找我呢？」

鬼說：「我沒有田產，誰肯來做我的子嗣？你現在總管我們樊氏，總要你開口，才有個辦法，而且算數。」

叔祖說：「你生前不考慮子嗣，為什麼死後倒惦記這件事呢？」鬼就說：「我死後，祖宗都罵我，如果你不替我立子嗣，我無顏面對祖宗啊。」

叔祖於是在族會上提議選一個近支血脈的人做鬼的子嗣，安排了以後，鬼就離去了。

鬼故事差不多就是在表達我們在文化中不得釋放的潛意識。自我意識屬於顯意識，因此它也會壓抑潛意識。如果說自我意識強的人就不語怪力亂神，只是子不語罷了，孔子還要祭神如神在呢。

一九九七年七月　加州洛杉磯

06 攻擊與人性

一九六三年，動物行為研究學者康拉德·勞倫茲（Konrad Lorenz）的名著《*On Aggression*》出版，書名可以直譯為《攻擊》。一九八七年我在香港一家書店見到這本書的台灣中文譯本，書名譯成《攻擊與人性》，於是站著翻看，譯文頗拗口，有些句子甚至看不懂，不知是我愚鈍還是沒有譯通。總之，印象中只留下了勞倫茲說到藝術起源於儀式。

我之所以有勞倫茲這個人的印象，是因為一九七三年我在雲南，生產隊上很多人閒來無事聽敵台（這四十多年來敵敵友友，友友敵敵，剛剛相逢一笑泯了恩仇，忽然又要橫眉冷對千夫指了），我在當時的敵台中聽到當年的諾貝爾生物與醫學獎獲得者是三位，其中就有這位勞倫茲先生，研究動物行為的。

那時我每天在山上幹活兒，倒也鳥語花香，只不知鳥語的是什麼。歇息的時候，一邊抽菸，一邊亂看，看螞蟻爬，看蛇吞蛋，看猴子飛枝走幹，看鷹在天上研究地下。還記得有一次黃昏時突然遇到一隻桌子大小的蟾蜍過林中小路，同行的兩三個人驚得魂飛魄散，眼睜睜地看著這個王母娘娘隱入草叢，荒草浮動良久。下得山去，說出來任誰也不信，目擊者之一說：「當時感覺就像見到毛主席，你們不信，那就更像了。」

勞倫茲以研究動物行為為職業而有成就，我每天與動物為伍，自然對勞倫茲產生興趣。但勞倫茲做些什麼具體研究，敵台沒說，我也就一無所知。

今年，一九九七年，我在台北，朋友謝材俊先生送我一冊一九八七年我在香港看過的《攻擊與人性》的一九八九年再版本，算下來，今年距原文出版已有三十四年了。晚上躺在床上看，拗口的譯文毫無改變，當年看不懂的地方，這次確定了，是沒有譯通。重讀，永遠是有趣的事情，尤其是有意思的書。

康拉德．勞倫茲是奧地利人，在奧地利和美國讀動物學和醫學，一九四〇年任教於奧地利康尼斯伯格大學（Königsberg Universty）。一九四二年，他被德軍徵調為精神科醫生到波蘭一家醫院，兩年後又被送往俄國前線，隨即被俘，做了四年戰俘。戰後，勞倫茲任慕尼黑大學的教授和麥克思普蘭克學院（Max Planck Institute）的研究主持人。

一九七三年，勞倫茲與荷蘭的尼考拉斯．汀伯根（Nikolaas Tinbergen）、當時西德的卡爾．馮．弗里西（Karl von Frisch）都因為對動物行為的研究而共享諾貝爾生物和醫學獎。不過，勞倫茲與其他動物學者的不同在於，他認為攻擊性是動物的本能，並認為攻擊性也是人的本能，尤其後者，引發過廣泛的爭論。

人類學家阿施雷．蒙塔古（Ashley Montagu）認為人類沒有本能這回事，因為科學研究從來沒有證明過攻擊性是生物的天賦。哈佛大學的斯金納（B. F. Skinner）否定人類有內在的行為模式，他認為人的行為都是因為學習而來的。也是哈佛大學的生物學家恩斯特．梅爾認為勞倫茲對動物的看法跳得太遠了。英國一位動物行為學家諷刺勞倫茲將觀察幾隻動物和鳥的結果，應用到全人類。當然，勞倫茲在第二次世界大戰中的履歷，也令人質疑。

質疑中最敏感的方面是，假如人類生來就具有行為類型，那麼人在學習和進步的能力上就應該有差距，即使環境條件是平等的。種族偏見是否因此而有本質的根據？

勞倫茲是由對魚和鳥的觀察與實驗中，證明攻擊是生物進化的原始動力，也就是「同類相斥」的原則。

到底是哪些保護物種的功能使得珊瑚魚的複雜色彩如此進化？我盡可能地買到最多彩的魚和比較單彩的魚，結果我得到一個意外的發現：不可能有兩條顏色艷麗如廣告畫的珊瑚魚，同時存在於一個池子裡。假如我把幾條同種的魚放在一個水槽裡，頃刻間，只剩下最強的一條活下來。後來，在佛羅里達，我又看到以前常在水族館觀察到的特殊景象，令人印象深刻難忘：經過生死決戰，留下每種一條的七條魚，每一條魚都色彩鮮艷而且游姿迴異，互相之間和睦相處。

在海裡，「同類相斥」的原則可以在不流血的狀況下維持，因為敗者可以逃離勝者的領域，而且勝者也不會追得很遠。但是在水族館中，就沒有足夠的地方可以逃避了；勝者要敗者死亡，至少勝者會認定整個水槽是牠自己的領域，經常連續地攻擊弱者，進行威嚇，也因此弱者發育得慢多了，勝者的統治權持續著，直到新的生死關頭來結束牠。

為了觀察領域擁有者平時的行為，必須有一個至少為原來版圖兩倍大的容器。因此我們做了一個六呎長的水槽，裝了兩噸多的水，足以讓各種小魚劃定一些領域。在色彩艷如廣告畫的魚類中，幼者更富於色彩，更凶悍，而且比年長者更堅決地向領域的擁有者攻擊。由於幼者身軀小，我們可以在有限的空間內觀察到牠們的行為。

我和我的同事多瑞斯（Doris Zumpe）在這個水槽裡放進一吋到兩吋長的小魚，有二十五種，每種四條，總共一百條。牠們的領域分配得很好，幾乎一條也沒損失。後來，牠們開始活躍起來——如事先預料，開始廝打。

現在終於有機會應用計算了。當「真正」的科學家在運用計數與測量時，他會經驗到一種快感，這不是行外人容易瞭解的。毫無疑問，假如我們不用計量——比如我們只是說「艷麗多彩的珊瑚魚幾乎不攻擊其他種的魚，只攻擊自己種類的魚」——雖然我們對族內攻擊的了解並沒有因此而減弱，但是，說服力會大大降低。因此我們，更正確地說，是多瑞斯數了牠們互咬的次數。結果如下：一百條魚，每種四條，所以每條魚咬自己同類的機會是三比九十六；同類之間與異類之間咬的比例是八十五比十五，而這十五還是多算的，因為這個數目全來自一種處女魚。這種處女魚只待在水槽的洞穴裡，攻擊任何闖入者。後來我們把這一類組刪除，得到的是一個更令人滿意的數字。

使得異類相咬的數字增加的第二個原因是，有些個體在水槽裡找不到同類的魚，於是將怒氣發洩到異類的個體身上。我事先預測牠們會選擇哪種魚為發洩對象，結果假設的數字和實際的數字相當符合。

先列舉了一些例子說明牠們會攻擊與自己體型和色彩相類似的異類之後，勞倫茲接著寫道：

除了魚之外，其他的動物也如此。假如沒有同類可以攻擊，牠們就選擇那些關係親近或顏色類似的異類為攻擊目標。

我們必須要重新認識我們的魚缸裡那些賞心悅目的魚了。勞倫茲並沒有停止刺激我們的心靈。

幾乎每個水族館的管理員都會犯同一種錯誤，在一個大水槽裡放養許多同種類的小魚，期望牠們將來有最自然的配偶機會。不久，小魚長大了，水槽變小了，結果，水槽裡只有一對色彩華麗的夫妻愉快地結合，攻擊其他所有的魚。這對夫妻在大水槽裡狂奔，被攻擊者只好帶著破裂的鰭在水面角落游動。富於同情心的管理員不但同情弱者，同時也同情那位「妻」，因為這時候正是這位妻的產卵期，管理員為牠們的後代擔憂。於是，移走被攻擊者，讓這對夫妻占有整個水槽。他認為自己盡到責任了，但是，幾天後，他發現雌魚浮屍水面，被撕成條狀，而且看不到水槽裡有任何卵或幼魚。

這種悲慘事件是可以預料的。我們可以下面兩種方法避免，一種是在水槽裡放進一條同種類的魚，當替罪羊；另一種則較慈悲，在一個大得足以容下兩對魚的水槽裡隔一塊玻璃，隔成一邊一對夫妻，於是每條魚都可以將健康的怒氣，隔著玻璃發洩，通常是雄對雄，雌對雌，沒有一條魚想攻擊自己的同伴。相當有趣的插曲是，當一條雄魚開始粗魯對待牠的妻子時，我們可以預料水槽當中的隔離玻璃髒了，不透明了。一旦將隔離玻璃清潔，先前的捉對相撞就又恢復了，每對夫妻則氣氛爽朗。

同樣的行為也可以在人類身上看到。我常觀察我守寡的舅媽的行為，這些行為常常是有規律可預測的，她使用女僕，沒有一個超過八個月到十個月的。她總是喜歡新僕人，將新人捧上雲霄，發誓終於找到一個合意的。接下來的幾個月，她的態度逐漸冷淡下來。先是發現小過失，然後是稍大的，在正式僱用期結束時，她發現這個女孩子令人憎恨。經過激烈的爭吵，可憐的女孩毫無商量餘地地被解雇了。舅媽在下一次僱僕人時，會再次更加小心找尋一個完美的天使。

我不是有意在取笑我的舅媽。我當戰俘的時候，就在嚴格控制自己的人——包括我自己——身上清楚地觀察到同樣的現象。完全互相依賴的小團體可能互相發洩怒氣，團體裡的分子愈是彼此了解，彼此相愛，則受到壓抑的攻擊性就越危險。據我個人的經驗，在這種情況下，閾限會降到極低而讓怒氣和攻擊行為發洩出來，這時，好朋友的互毆程度是很驚人的。

了解這種現象的法則，是可以避免導致殺人事件的，但是卻不能減少痛苦。有些人會找到發洩途徑，例如砸毀不太貴重的東西。這樣確有幫助，這種方便的方法常常可以防止攻擊本能的不利後果。領悟不到這種道理的人曾經因此而殺了他的朋友。

常說的「無名火」，就最是這個。心理學家所說的暴力傾向，也根源於此。雖然法律是據結果判斷量刑，但「精神異常」是在說對本能毫無控制能力，所以美國總統雷根只好白挨一槍。固定空間裡人居住得愈多，所謂「三代同堂」，越容易「星星之火可以燎原」。政府的房屋政策關係著社會的暴力犯罪率。

這樣大的一股力量，讓我們不得不再一次考慮好萊塢影片裡的暴力。觀眾一邊吃著零食，一邊在催眠狀態中將本能中的暴力能量釋出，之後回家睡覺。這類似大禹治水，疏，而不是堵。曹劌在戰術上是擊鼓三通而不攻擊，道理上好像是請對方連看三場暴力電影，將敵方的攻擊能量洩至最底，才容易一舉擊潰。

勞倫茲提到由於一些學者的研究，「人們才了解，實際上中樞神經在反應前並不需要等待刺激——就像電鈴要按開關才響——相反，中樞神經自己就可以產生刺激」。我想，現在小說中所描寫的都是「本能的反應」，很少觸及「本能的自發」。也許我們只學到巴伐洛夫的「條件反射」，於是「反映論」成為創作教條。我還記得很清楚中學生物課講到條件反射時，真的是不厭其細，大家心裡明白，這是一定要考的。

勞倫茲問道：

攻擊有何價值？在保護物種作用的壓力下，他們的行為機制和武器變得如此發達，所以我們必須提出達爾文式的問題。

那些被雜誌、報紙和電影導入歧途的門外漢，想像著不同的「叢林野獸」之間的關係是血腥的爭鬥，彼此永遠敵對，巨蟒和鱷魚搏鬥。我可以很自信地斷言，這種事在自然環境中不會發生。一種動物消滅了另一種動物，又能得到什麼益處？牠們絕不會妨礙別人的生存利益。

達爾文表示「生存競爭」（the struggle for existence）有時被誤解為不同種類間的競爭。實際上，達爾文所說的競爭和競爭所引起的進化，存在於近親之間。使一個物種消失或轉變成另一種類的因素，是有益的「發明」，這種發明，在遺傳性突變的賭博中，會偶然落在同類分子中的一個或幾個上。這些幸運者的後代逐漸超越其他分子，一直到這些特殊種類只包括那些擁有新「發明」的個體。無論如何，不同類的動物也有類似的鬥爭存在……

異種競爭而能生存的價值比同種競爭而能生存的價值更明顯。……食者與被食者的競爭，絕不至於引起被食者的滅種。牠們總是保持一種雙方都能忍受的均勢。最後的幾隻獅子一定早在牠們獵殺最後一對羚羊或斑馬之前就餓死了。或者用人類的商業語言說，捕鯨業一定在最後幾條鯨絕種之前就破產了。

另一方面，捕食者與被食者之間的爭戰並不是真正的鬥爭。……捕食者內在的動機和爭鬥時的動機根本不同。……內在推動力的不同，可以清楚地在動物的動作中看出。一隻狗在將要捉到兔子時表現出來的興奮與快樂，和牠歡迎主人或某種期望兑現時是一樣的。許多佳照顯示，獅子在躍起之前的動作一點也沒有發怒的跡象。咆哮，將耳朵捋後等等表情動作，只是在捕食動物遇到頑強抵抗時才會看到，甚至此時的表情也只是暗示性的。被食者的活動，即「反擊」，常被認為是真正的攻擊，特別是群居動物。牠們抓住每一個可能的機會攻擊那些威脅牠們的敵人，這種行為稱為「群擊」。如果烏鴉或其他鳥在白天看到貓或其他夜間活動的動物，一定圍攻之。

……穴鳥主動攻擊敵人，鵝則運用尖叫和眾勢，無畏地進攻來犯的敵人。加拿大鵝甚至會用緊密的集結將狐狸趕走，我從來沒有看到過狐狸在此時敢妄想獵取其中的任何一隻鵝。狐狸將耳朵朝後放，一臉的厭惡，越過肩膀往後看那群呱呱叫的鵝，慢慢地疾走——以免失去面子——離開鵝群。

我在前面說過我不懂鳥在語些什麼，勞倫茲寫道：

我們可以從鳥的歌聲中聽出：一隻公鳥正在一個選定的地方宣布牠的領域所有權。許多種鳥以歌聲表示自己的強壯和年齡，換言之，聞者該畏懼才是。……漢洛斯（Heinroth）用文字來解釋公雞的啼叫：「我是一隻公雞。」而家禽專家則能聽得更具體，「我是公雞巴薩札（Balthazax）！」

哺乳動物中的大部分是用「鼻子」思想的，所以大部分的動物用氣味來表示領域權。……雷豪森（Leyhausen）和沃爾夫（Wolf）已指出，某一種類的動物在森林中的領域分配，不只有空間的限制，也受時間的影響。……為了避免遭遇，這些動物不論走到哪裡，都定距放置氣味，如同為了避免撞車而設置的鐵道信號。一隻貓在牠的行獵路上嗅到另一隻貓留下的氣味，必長時間地評估。如果是非常新鮮的，牠會遲疑不決，或選另一條路；假如是幾個小時之前的，牠會平靜地繼續上路。

……貓的放置氣味有避免碰頭的作用。有些脊椎動物根本不來同類攻擊這一套，只一絲不苟地避著自己的同類。

我們可以確實地假定：同類相爭最重要的作用是公平分配存活領域。這當然不是唯一的。達爾文已觀察到雌雄淘汰的作用，為了繁殖而淘汰出最好的雄性……但是選擇配偶時的最後一句話是由雌性說的，雄性無法反駁……

相對於同類競爭，高等脊椎動物的群居生活進化出階級次序。

在這種次序下，社會中每個個體明白哪個比較強，哪個比自己弱，如此即可以離開弱者和使弱者屈服。艾伯（Schjelderup-Ebbe）是第一個觀察家禽中「階級次序」的人，也是第一個使用「啄食次序」此名詞的人。

那麼這個次序對於同類物種有何意義呢？勞倫茲的回答是首先可以抑制群內的攻擊，次之可以導致保護弱小。

既然個體之間永遠存在緊張狀態，所以社會性動物都是「社會地位的追求者」。兩個動物在階級次序中愈接近，緊張度就愈高，相反，階級遠遠分開，緊張度就消失。高階層的穴鳥，尤其是雄的，喜歡干涉低階層之間的每一次爭吵，於是可預期的是，高階層鳥的參與，會使弱小失敗一方獲益。

勞倫茲提到觀察穴鳥、猩猩、狒狒時，除了階級，還有一個老年者的經驗和權威受到模仿與尊敬的現實。於是，情況是「生存領域以每個個體都能存活下去的方式被劃分著：最好的父親和最好的母親被選出來以利後代；群體組織裡有少數智者、元老們擁有權威，為群體利益做決定，並實行那些決定」。

我們也許意會到人類社會的一些現象，除了生存空間不易和最好的爸爸與媽媽在哪裡。不過勞倫茲開始談到儀式：

第一次世界大戰前不久，我的老師，也是我的朋友赫胥黎（Sir Julian Huxley）博士正熱衷於他的先鋒研究——有關一種鳥的求愛行為。他發現某些動作形式在進化的過程中消失了原來的功能，變成了純粹象徵的儀式。他稱此為儀式化，而且不加引號。換言之，他將引導人類儀式發展的文化過程與引起動物儀式化的進化過程同等看待。

勞倫茲列舉了漫長的觀察來的動物行為之後寫道：

動物知識的傳遞只限於簡單的事物，如通道的尋找、食物和敵人的辨認以及鼠的特殊知識——毒藥的危險。思想的交換和儀式則無法由傳統傳遞。換句話說，動物沒有文化。

動物有一個簡單的傳統，牠和人類最高級的文化傳統相同——就是習性。……一個令我難忘的經驗使我弄清了習性如何使不同的過程——例如鵝的行走習慣，和人類發展的神聖儀式——有相同的基本作用。

勞倫茲接下去詳細敘述了那個著名的觀察結果，他觀察到與他生活在一起的一隻小灰雁上樓到他臥室的過程。

……小孩子卻很固執地遵行習慣性的動作，假如說故事的人將故事說得稍稍偏離了，他們會十分不滿而沮喪。甚至受過教育的成年人，習慣一旦固定了之後，其力量就大於我們所能想像的。……我的描述將會使人類學家想起很多原始種族的魔術和法術，直至今天還存在於文明人之間……

人類知道自己的習慣和形成純屬偶然，也知道打破習慣不見得就有危險，但仍有不可抗拒的焦慮迫使他遵守習慣……

在美國的深夜，我常常看到空寂的交叉路口一個方向亮著紅燈，一輛私人汽車等在路口。五分鐘之內，橫向沒有一輛車駛過。之後，綠燈亮了，等待的車急急地向前駛去。深夜，沒有警察，更沒有其他的車輛，為什麼她或他不「聰明」地就過去了？習慣，將法規變為習慣，能很容易地在任何時候都安全。同理，學雷鋒如果是習慣，比過腦子想會容易得多。

上海——當然別的城市也是這樣，只不過我在上海也開車，所以有描述的資格——就不是這樣，每輛車都習慣搶行，因為人們在生活當中的習慣就是斤斤計較，佔到一點便宜幾乎與尊嚴等價。這也難怪，因為生活總是不太容易，因此你如果在駕駛上改掉佔便宜的習慣，你在謀生上就有麻煩了。上海人說得好，「到屋裡老婆就罵你，回家快了五分鐘，趕回去找罵？」

當人類不再由己身獲得習慣，而是經由文化的傳遞，一種新的、有意義的特徵就出現了。第一，他不再知道特殊行為的起因。第二，令人尊敬的法律制定者，因為年代久遠，好像存在於神話中，他們也被神話了，於是他們的法律似乎是神的昭示，觸犯者便有罪。

我覺得上段引文中的「法律」，如果換成「禁忌」，更好理解。文化的傳統，有儀式化的特徵，「『模仿誇張』（mimic exaggeration）可以導致儀式。事實上儀式十分類似象徵事物，儀式也產生誇張的影響，這也是赫胥黎在觀察大冠鴨時感到吃驚的事。……不用懷疑，人類的藝術主要也是在儀式中發展的。『為藝術而藝術』的自主性只是文化過程中的第二步。」

哈，我終於找到一九八七年時我以為記得的這句話，原來勞倫茲並不是說藝術起源於儀式，而是說藝術在儀式中發展。

一九九七年九月　台北萬芳社區

07 攻擊與人性之二

「常識與通識」這個欄目持續一年了。去年的開始題目，是〈愛情與化學〉，記得曾有人私下對我表示不以為然，也有人表示原來是這樣的。

這多少都顯示出常識的重要。記得「文革」的時候看過一本書，末尾幾頁已經磨損，封面有各種食品的痕跡，書名是《湯姆．潘恩》（*Thomas Paine*）。這個潘恩寫過一本書叫《常識》（*Comon Sense*），他在書中說，自由平等博愛人權獨立這些概念，是常識，他要將這些常識傳播出去。潘恩後來到了美國，出版了《常識》。傳說中，美國的獨立戰爭中，許多人隨身的行囊裡，都有這本《常識》。

「無產階級文化大革命」，簡單說，就是失去常識能力的鬧劇。也因此我不認為「文化大革命」有什麼悲劇性，悲劇早就發生過了。「反右」、「大躍進」已經是失去常識的持續期，是「指鹿為馬」，是「何不食肉糜」的當代版，「何不大煉鋼，何不多產糧」。

在權力面前，說出常識有說出「皇帝沒有穿衣服」的危險，但是，我的父輩們確實有人隱瞞常識。他們到學校裡來做報告，說以前被地主剝削壓迫，所以參加了革命。如果明白被剝削，一定明白一畝地可產多少糧食這種常識吧？一定明白畝產萬斤超出常識太多吧？

我在的小學，大煉鋼鐵時也煉出過一塊黑疙瘩，校長親自宣布它是「鋼」。當時我沒有關於鋼的常識，當然認為它就是「鋼」。後來有一門課叫「常識」，是我最感興趣的。我最感興趣的永遠是常識。

在常識面前，不要欺騙孩子。在喪失常識的時代，救救孩子就是教給他們什麼是常識。當年的中學紅衛兵現在看來就是沒有常識的孩子，當年他們抄家、打死人時的理由，現在則成了他們的經濟生活常識。若現在去抄他們的家，他們若說「憑什麼」，你就可以知道，常識回來許多了。

八十年代初，北京街頭的大標語，號召人們說「請」，說「對不起」，說「謝謝」，可見八十年代初還是徹底沒有常識。我家附近的一個有名的飯館裡，很有決心地貼著「本店不打罵顧客」這種服務公約，倒也點出了常識的程度。

從前有個人到鐵匠鋪子裡去學打鐵。師傅說，好好兒幹，師傅會告訴你打鐵這一行的祕訣的。徒弟於是很聽話，很賣力氣，盼望著有一天師傅講出祕訣。可是師傅一直不講，徒弟就有點兒著急，直到有一天師傅要死了。

徒弟就說，「師傅您不是說要告訴我打鐵的祕訣嗎？您看已經到了這種日子口兒了……」

師傅說，「是啊，你過來，」徒弟靠過去，師傅說，「熱鐵別摸。」

巴金先生說過要建個「無產階級文化大革命」的博物館，裡面如果能處處標示出常識是什麼，我相信效果會很強烈，因為鬧劇是最經不起常識檢驗的。

中國的「無產階級文化大革命」，剝去意識形態，剝去理論，剝去口號，是再清楚不過的同種攻擊，將意識形態、理論、口號覆蓋上去，只是為了更刺激同種攻擊，或者說，是為了解除對攻擊本能的束縛。我在上一期介紹過康拉德．勞倫茲的《攻擊與人性》的前半部，勞倫茲論證了「同種攻擊」是動物本能，其他的生物科學家證實中樞神經在反應前並不需要等待刺激——就像電鈴要按開關才響——相反，中樞神經自己就可以產生刺激。這也就深化了達爾文所說的競爭和競爭所引起的進化，存在於近親之間。這之前，達爾文的「生存競爭」常常被誤解為不同種類間的競爭。研究動物行為的科學家在非洲叢林中屢次觀察到雌黑猩猩有食子的行為，並且拍攝下來，但是恐怕播映出來刺激文明人類，長時間內隱而不發。最近播放了，反應強烈。

勞倫茲還論證了同類相爭最重要的作用是為了公平分配存活領域。美國的反托拉斯法，就是要限制大財團佔領過大的領域，使初起弱小者不能發展。美國的微軟視窗目前就有犯法的可能，從視窗95開始，很明顯，微軟準備覆蓋全部個人電腦系統。當微軟成為霸權的時候，使用者的災難就來了，我們再也找不到更好的可能了，因為可能的製造者因為沒有公平的生存空間，根本不能存活。

勞倫茲並沒有止於此，而是繼續下去。「繼續」這個詞用得不準確，因為許多動物行為是同時觀察到的，只是有些是先被解釋，有些是後被解釋。

勞倫茲發現，相對於同類競爭，高等脊椎動物的群居生活進化出階級次序。

在這種次序下，社會中每個個體明白哪個比較強，哪個比自己弱，如此即可以離開強者和使弱者屈服。

這個階級次序對於同類物種的意義，勞倫茲的回答是首先可以抑制群內的攻擊，次之可以導致保護弱小。

既然個體之間永遠存在緊張狀態，所以社會性動物都是「社會地位的追求者」。兩個動物在階級次序中越接近，緊張度就愈高，相反，階級遠遠分開，緊張度就消失。高階層的穴鳥，尤其是雄的，喜歡干涉低階層之間的每一次爭吵，於是可預期的是高階層鳥的參與，會使弱小失敗一方獲益。

這無疑是人類社會中階級的生物起源，只是我們沒有料到它有保護弱小的功能。重要的是，我們開始發現動物進化出抑制同類攻擊的功能了。勞倫茲接著談到動物行為中一些動作形式進化為儀式，人類與動物的區別是：

當人類不再由己身獲得習慣，而是經由文化的傳遞，一種新的、有意義的特徵就出現了。第一，他不再知道特殊行為的起因。第二，令人尊敬的法律制定者，因為年代久遠，好像存在於神話中，他們也被神話了，於是他們的法律似乎是神的昭示，觸犯者便有罪。「模仿誇張」可以導致儀式。事實上儀式十分類似象徵事物，儀式也產生誇張的影響，這也是赫胥黎在觀察大冠鴨時感到吃驚的事。……不用懷疑，人類的藝術主要也是在儀式中發展的。「為藝術而藝術」的自主性只是文化過程中的第二步。

經由勞倫茲的論述，我們逼近了藝術起源的又一步。不過勞倫茲志不在此，他說：

儀式的種系進化過程創造了一個新的自治本能，它具有獨立的力量干擾本能衝動。它的原始功能是誘發種族內個體間的互相瞭解，以避免攻擊的不良後果。不僅人類，甚至動物，常因誤以為他人有害於己而引起爭端；就這方面而言，儀式與典禮對我們有極大的重要性。……儀式能夠形成一股獨立的力量，在本能的大議會中，成功地與攻擊的力量對峙。為了讓讀者瞭解儀式是如何阻止攻擊衝動，而又不減弱它的力量，也不妨礙它的護種功能，我必須先談談本能的組織。這個組織像個大議會，是許多獨立的因素交互作用組成的；它的民主性是經過一段進化的考驗才發展出來的。縱然它不能使各種不同的關係達到完全和諧，至少它使它們達到可以容忍而且實際可行的妥協階段。

例如笑：

人類的笑，其原型可能是一種求諒解或歡迎的儀式。微笑和大笑，我認為是同一行為的不同程度，也就是對同樣性質的刺激，以不同的心理狀態應答。

與人類最接近的黑猩猩和大猩猩，不巧沒有一種對應人類的笑的動作，但許多獼猴在動作上有求和的姿態——露出牙齒，不斷地上下轉動頭部，咂嘴和將耳朵向後擺。值得注意的是，許多東方人的笑也是以此方式歡迎人。但最有趣的是笑得最厲害的時候，他們把頭稍微轉向一側，這樣，他們的眼睛就不會直視被歡迎的人的眼睛，而是用眼光掃過對方……

無論如何，這歡迎的笑容，常使我們解釋為求諒解的儀式，它和鵝的勝利儀式類似。勝利儀式是在修改過的威脅儀式中產生的……

當幾個小男孩一齊笑另一個或不屬於同一團體的男孩時，這行為是含有相當的攻擊性。大部分的笑話建立在當一種緊張狀態突然被打破時。許多動物的歡迎儀式也有非常相似的情形。當一個不愉快的衝突情況突然解除時，狗和鵝或其他動物會做出強烈的歡迎……

儀式將個體牢繫在一起，使他們共同抵抗敵對世界。有相同的目的——例如必須抵抗外人——是形成「結」的要素。魚為相同的領域及子女抵抗，科學家為相同的意念抵抗，最危險的是盲信者為相同的概念而抵抗。所有這些情形，為了提高結合力，攻擊是必須的。

因此笑是抑制攻擊的儀式產物，它與攻擊的本能是相關的。還記得革命樣板戲《智取威虎山》嗎？「不怕座山雕叫，就怕座山雕笑」，劇中的正反角色，楊子榮和座山雕都是用笑來傳達攻擊信號的。中國熟語警誡我們，「笑裡藏刀」，「笑面虎」，即使是詩句，「相逢一笑泯恩仇」，也是將笑與攻擊擺在一起的。

勞倫茲觀察到，動物的攻擊本能被儀式抑制著，但執行儀式而控制不當，儀式有反行效應，反而引起最熟識者之間的攻擊。

> 這種使人痛苦的憤怒只能解釋為，部分是由於雙方互相認識太清楚以至於不再害怕對方。人類也是如此，同樣的原因，使非常恐怖的夫妻爭吵發生。我相信，每一個真愛的情況中，有很高的攻擊性潛伏著，通常為結所抑制，一旦結破裂了，恐怖的現象，如恨，就出現了。沒有一種愛沒有攻擊性，沒有一種無愛之恨。

後面的觀察非常有意思：

勝利者從不追逐被打敗的，我們從未聽到兩隻雄雁爆發過第二次戰爭。相反，牠們過度地迴避對方，當大群雁在沼澤上覓食的時候，吵過架的朋友總是在外圍的另一邊。假如偶然沒有及時發現對方，或根據實驗而互相靠近時，我看到牠們居然顯示出難為情！牠們不敢看對方。雄雁是這裡那裡亂看，或拘謹地吸引牠們愛恨的對方，然後跳開，好像手從熱鐵上彈開。而且兩隻雁持續不斷地整理一下羽毛，用嘴搖一下想像中的東西，牠們就是不能簡單地走開，為了「保全面子」而不惜代價，絕不能有如何逃開的跡象。我們禁不住要同情牠們這種尷尬情境。

我們知道有一些動物完全沒有攻擊性……有人會想，這樣的動物一定會有永恆的友誼與結合，但這些特質尚未在這些動物身上發現，牠們的結合根本就見不到。友誼只在高度發揚種內攻擊的動物中發現。事實上，結越牢固，越具攻擊性。

種內攻擊比友誼和愛要早幾百萬年之久，在地球的長久紀元中，曾有過真正凶猛而有攻擊性的動物。幾乎今日的爬蟲都有強的攻擊性……個體結只在某些硬骨魚、鳥和哺乳動物中有，也就是說，在第三紀之前，以團體姿態出現的動物並不存在。這樣說來，沒有「愛」這種東西，種內攻擊也能存在，但反過來說，沒有一種愛是沒有攻擊性的。

「君子之交淡如水」，這是最具經驗之談。勾肩搭背，搞來搞去就是拳腳相向，而且振振有辭，從振振有辭當中，我們可以聽出來，原來互相攻擊的部分早在勾肩搭背的時候就知道了，「我不想說就是了。」

勞倫茲在漫長觀察的敘述之後，開始談到人類本身。

有些人認為同種攻擊是對人類的一種污辱。人們都樂意將自己看作是宇宙的中心，認為自己不屬於自然，而是從自然分立出來的特殊的高等生物。很多人對這個謬見戀戀不捨，而無視於一個人曾說過的最智慧的警語，即齊隆（Chilon）所說的：「認識你自己。」這句話通常被認為是蘇格拉底說的。到底是什麼因素使人們聽不進這句話？

障礙有三，而且全是由強烈情緒引發的。

第一，人們認為可以借助人類的悟性，輕易將之克服；

第二，雖然有不利的後果，但至少是光榮的；

第三，從文化歷史的角度來看，是可了解的，因此是可原諒的，卻是最難祛除的。

三個都與人類最危險的特質有密切的關係，俗話說，這個特質在陷落之前會有一段光彩，那就是——驕傲。

第一個障礙是最原始的。人類抑制自己對自己的進化根源做了解，因此阻礙了自我了解。

第二個障礙，是我們不願意接受自己的行為是遵循自然因果律的事實。……這種態度的產生，無疑是因為希望擁有自由意志，認為我們的動作並不是偶然因素決定的，而是較高層的意志決定的。

第三個障礙，至少在西方文化是有的——是唯心論哲學的天性。人類將萬物二分為內在與外在，前者照唯心論的看法是無價值的，後者是包含在人類思想內，價值只依附思想而存在。這種劃分正投合人類崇高的自傲心理。……「唯心論」與「實在論」這兩個名詞本來是象徵哲學上的態度，但是現在已經應用到道德的價值判斷。

人們所以害怕原因上的探討，可能是怕領悟到宇宙現象的原因後，發現人類的自由意志只不過是一種錯覺下的產物罷了。其實，我的意志就如我的存在，不容否認。更深一層領悟到我自己的行為是受一連串生理原因的控制後，至少並不能改變「我將要做」這件事實，只是可能會改變「我所要做的」。

假如人們認定人類的行為，尤其是社會行為，絕不僅僅是由理性和文化傳統就能決定，它們還要順從本能行為的一切法則。對這些法則，我們從動物本能行為的研究得到不少知識。……人類社會非常像老鼠，在自己的族群裡是個愛社交且和平的生物，但是對待那些不屬於自己團體的同類種族，就完全換成一副魔鬼嘴臉。……老鼠在達到過分擁擠的情況時會自動停止繁殖，然而人類沒有一個可行的辦法來阻止人口膨脹。

勞倫茲還論述了青春期現象，說明了人人都必須經歷青春期和其後一小段時期的危險階段，並且特別提到他建議命名的「攻擊性熱情」。

事實上，攻擊性熱情是自發性攻擊的特殊形式。……有強烈情緒的任何人，都可以親身體驗到隨著攻擊性熱情而來的主觀現象：身體從上而下打著顫，兩臂外側亦如此，氣勢高昂地漠視一切束縛。在這特殊時刻，準備放棄一切，唯獨去迎接那個被認為是神聖的任務。一切障礙都不足為懼，而且不幸地，禁止傷害或殺死同胞的本能抑制力也大大地喪失了。此時，一切理性思考、批評、合理的爭論都沉默下來。它們不僅顯得勢力單薄，而且是卑賤和不光榮的。人們在參與凶惡事件的時候，也會有正直的感覺，甚至感受到這種正直感的快樂，就像諺語說的：「當旗幟飄揚，一切正氣都在號角聲中。」

勞倫茲歸納了四個可以刺激攻擊性熱情的情況：

一，社會團體裡的個體認為被外界所威脅。他們會描繪出威脅者，而他們效勞的團體，從運動俱樂部到國家民族，直至科學真理，公正清廉的主張；

二，令人憎惡的敵人出現，而且這個敵人威脅了上述「價值」；

三，領袖形象，任何政治集會都少不了大幅領袖像，甚至反法西斯的黨也不能缺；

四，參與的個數多，而且全部都被同一種感情所鼓動。

想來我們都很熟悉上面的描述吧？一九六六年炎熱的夏天。勞倫茲認為控制本能行為模式的必要條件是，對釋放它的刺激情境有充分的認識。對文化大革命的情境的認識，直到現在還是眾說紛紜，有說是受騙了，可見是沒有認識；有說是理想，可是此理想要消滅彼理想。我想，所謂「充分」，首先要看這個情境究竟是束縛還是釋放我們的攻擊本能，並達到一種喪失常識的程度。

一九九七年十一月　台北萬芳社區

08 攻擊與人性之三

在雙月刊的雜誌上將一個題目寫到「之三」，實在不智。每個人都很忙，或者很無聊，總之，不會記住兩個月之前讀過些什麼。所以當這個月看到什麼〈攻擊與人性之三〉，真的是要罵我了，難不成還要去找四個月之前的「之一」和兩個月之前的「之二」，才看得明白「之三」？

我其實也沒有料到關於人的本能之一——同種攻擊，會有這麼多話要說或引述，不過這次保證是「之最後」，因為，「攻擊」這個話題終於要和藝術轉到一起了。

說起來，為什麼要在一個文學刊物上介紹人的生理本能？這裡有我一個小小的私心。這個私心倒不是我要搞什麼「藝術生理發生學」，這方面必有好事者來做的。

我的私心是，有非常多的好書，其實沒有這麼嚴重，而是有非常多的有趣的書，我們還沒有翻譯介紹。做出版的朋友，不妨從有意思出發，搜尋一下有關常識的書，或者會有一套「常識叢書」？

我向來讀書太雜，雜到讓人看不起的地步，雜到墓誌銘上可以寫「讀書雜蕪，不足為訓」。不少人寫文章是為嚇人的，因為所寫的與其說是「高見」，不如說是常識。當然，我就有這種嫌疑。

不過，任何高見，如果成為了生活或知識上的常識，就是最可靠的進步。

說回到攻擊與人性。先轉錄兩則新聞，一則是一九九七年初——

上海動物園日前再度發生狒狒間「倫常悲劇」。一隻來自荷蘭的狒狒王自去年三月曾咬死親生骨肉後，日前再咬死其「嬪妃」在狒狒王軟禁期間與別的狒狒「勾搭」而生下的小狒狒。

前年四月在動物園佛山登基的狒狒王，長得英俊威武。去年三月，只因母狒狒產仔後專心撫幼，狒狒王求歡不成，遷怒於幼仔，飼養員只得將其軟禁他室。其間曾有一隻將成年的雄狒狒眼見山中無老虎，便染指前

「大王」的「嬪妃」，後也因同樣原因謀殺小狒狒而被關押。去年七月，動物園考慮到繁殖問題，只能請狒狒王再次出山。

一個月前，母狒狒們接連產下三隻幼狒狒，可是狒狒從懷胎到產仔一般要經歷半年，顯然母狒狒產下的非自己（指狒狒王）親生骨肉，而是那隻已被關押的雄狒狒的子女。狒狒王眼見自己的「嬪妃」產下了「別人的孩子」，大發醋意，但礙於剛出生的幼狒狒由於沒能力走動，總是攀附在母親身上，狒狒王一時無法下手，只好在一旁虎視眈眈，等待時機。

數日前，一隻幼狒狒開始離開母狒狒懷抱下地學步，早已忍無可忍的狒狒王看準時機，突竄前去，幾口就將小狒狒咬死。狒狒王正準備咬死另兩隻小狒狒時，幸飼養員聞訊趕到，阻止了悲劇進一步擴大。

如果我們有關於動物行為的常識，新聞裡的這個慘劇（不是悲劇，悲劇是講人的性格與人所遭遇的命運不協調）就不會發生。第一，靈長類動物確認帶有自己基因的後代，是本能性。第二，靈長類動物是社會性動物，有階級劃分，「王」是同類雄性互相攻擊的優選結果，最強悍，牠在物種中的責任就是捍衛「最強悍」的基因的傳遞。第三，靈長類動物的同類攻擊本能，是「王」捍衛本物種「最強悍」基因傳遞的最直接的手段。

從基因的角度來看，上海動物園佛山的這隻荷蘭來的狒狒王大義凜然，絕不允許任何非最強悍基因傳遞，影響本物種的質量。現在出現了這種情況，王，克職盡守，務必全部清除之。這是狒狒之道，王這樣做，是有德之狒，當模之範之，榜之樣之，標兵之，並獎之勵之，整個事件何悲之有？

動物園也有苦衷，他們不能從狒狒的角度看事件，只能從經濟角度看損失。既然從經濟角度考慮，就應該從動物行為的常識來解這道組合題。這有點像小學時算術老師出的那種題，一只船，一隻狐狸，一隻雞，一袋米，怎樣將它們運過河去而不讓狐狸吃了雞，雞吃了米？

這道題的第一步是軟禁母狒狒，而不是軟禁狒狒王。第一步錯，就一路錯下去了。

另一則是有關萬物之靈，也就是人的。與上海動物園的狒狒事件同時，台灣《聯合報》報導：**「殺女兒　渾爸爸認她非親生女　疑神疑鬼　夫妻情感常起糾紛　小生命代罪」**——

嫌犯陳再興凌晨涉嫌將親生女兒丟到光復橋下，他的太太上午獲知女兒屍體被尋獲後，在派出所痛哭不已，她說，與陳再興結婚四年來，為了細故，兩人常爭吵，陳再興還動手打她，但他非常疼愛孩子，她不敢相信他會下此毒手，陳再興則說，是太太說女兒非他親生，既非親生，就不要了，他願意坐牢，關多久就多久。

陳太太情緒激動，警方偵訊時，她一直說「我什麼都不知道」、「不要問我」，待情緒較平緩，她才說，陳再興平日從事電鍍工，收入不一定，他們育有二子，大兒子已經四歲，小女兒才十個月大。

她說，陳再興以前就常常懷疑她在外頭「亂搞」，兩人因此經常口角，陳再興常打她，為了孩子，她都忍氣吞聲；昨天深夜，她想早點睡覺，但是兒子一直吵，夫婦兩個人於是又爭吵，陳再興說他要抱女兒出去，她還以為陳再興要抱女兒到新家，結果她都找不到，於是趕緊向派出所報案。沒想到，陳再興回家告訴她，他把女兒丟到光復橋下，陳太太哭著說，陳再興對她不好，但卻從來都沒打過小孩，她萬萬沒想到他會如此狠心丟棄女兒致死。

陳再興是狒狒？顯然不是，但行為與狒狒一樣。

不妨將勞倫茲在《攻擊與人性》這本書裡的話再引述一下。

有些人認為同種攻擊是對人類的一種污辱。人們都樂意將自己看作是宇宙的中心，認為自己不屬於自然，而是從自然分立出來的特殊的高等生物。很多人對這個謬見戀戀不捨，而無視於一個人曾說過的最智慧的警語，即齊隆（Chilon）所說的，「認識你自己」，這句話通常被認為是蘇格拉底說的。到底是什麼因素使人們聽不進這句話？

障礙有三，而且全是由強烈情緒引發的。

第一，人們認為可以借助人類的悟性，輕易將之克服；

第二，雖然有不利的後果，但至少是光榮的；

第三，從文化歷史的角度來看，是可了解的，因此是可原諒的，卻是最難祛除的。

三個都與人類最危險的特質有密切的關係，俗話說，這個特質在陷落之前會有一段光彩，那就是——驕傲。

第一個障礙是最原始的。人類抑制自己對自己的進化根源做了解，因此阻礙了自我了解。

第二個障礙，是我們不願意接受自己的行為是遵循自然因果律的事實。……這種態度的產生，無疑是因為希望擁有自由意志，認為我們的動作並不是偶然因素決定的，而是較高層的意志決定的。

第三個障礙，至少在西方文化是有的——是唯心論哲學的天性。人類將萬物二分為內在與外在，前者照唯心論的看法是無價值的，後者是包含在人類思想內，價值只依附思想而存在。這種劃分正投合人類崇高的自傲心理。……「唯心論」與「實在論」這兩個名詞本來是象徵哲學上的態度，但是現在已經應用到道德的價值判斷。

人們所以害怕原因上的探討，可能是怕領悟到宇宙現象的原因後，發現人類的自由意志只不過是一種錯覺下的產物罷了。其實，我的意志就如我的存在，不容否認。更深一層領悟到我自己的行為是受一連串生理原因的控制後，至少並不能改變「我將要做」這件事實，只是可能會改變「我所要做的」。

假如人們認定人類的行為，尤其是社會行為，絕不僅僅是由理性和文化傳統就能決定，它們還要順從本能行為的一切法則。對這些法則，我們從動物本能行為的研究得到不少知識。

說來「人性」既不應該是褒義詞，也不應該是貶義詞，而應該是中性的。不過中性是客觀的意思，可惜我們離客觀還有很大的距離，起碼要等人類基因組的功能理出個頭緒來才好再說。人類，從古到今，無非是通過對自己的行為的觀察來瞭解「人性」，動物行為的科學研究，更不過才是幾十年的事。

不過，我們通常用「人性」為褒義，比如說「陳再興毫無人性」。這種用法，實際的意思是，遵守禮法約束的人「應該」是怎樣的。若用「人性」為中性詞，可以說「陳再興有人性，但無禮性」，俗話不繞彎子，「陳再興是畜生。」

所以我們用「人性」為褒義，褒的其實是「禮」，因此也才會有對「屢教不改」的道德義憤。改什麼？改人性中應該而未被禮約束住的部分，可是我們的同類陳再興，「願坐牢，關多久就多久」，改不了，而且驕傲。當然免不了還有同類贊曰「陳再興是漢子」。台北光復橋下的無辜女嬰呢？文雅說「私生子」，俗說「小雜種」，狒狒王若會說話，無非也就是這兩個詞。不少人也這麼想，可是又肯定認為自己絕對不是畜生。

孔子大講特講「禮」，可是在本能問題上又講「思無邪」，意思是不追「思想根源」，思，可以是畜生的，這可由孔子刪過的《詩》作證；說或做，則不可以，其實小做還是可以的，這也可以由《詩》作證，當然能修身齊家治國平天下最好，不過那是對「士」的要求，先秦對「君子」和「小人」是有道德區隔的。可惜這些沒有傳統下來，秦始皇將有關思想的書燒掉了，之後，從漢儒，再到宋儒，則專門在「思」上做「不可以」的文章。

孔子罵過「始作俑者，其無後乎」，譴責殉葬，他參與禮儀，大概見過人殉；又講過人和畜生的區別，大概與他年輕時管理過魯國的畜生有關係，不然不會講得如此誠懇：「幼，吾幼，以及人之幼；老，吾老，以及人之老。」小孩子，我的小孩子，由此而擴及到別人的小孩子。這簡直就是人權條款，向生物本能宣戰，難怪有人提到孔丘，「不就是那個明知做不到而非要做的人嗎？」

不過，比孔子早一百年的一個故事，也就是後來我們耳熟能詳的《趙氏孤兒》，講門客程嬰捨自己的嬰兒救主人趙盾的嬰兒。這幾乎是個莎士比亞式的故事，但《趙氏孤兒》講的是趙氏基因的重要，若莎士比亞寫來，恐怕會是程嬰內心與生物本能的驚心動魄的糾纏吧。

既然我們人類以禮教來約束「同種攻擊」這股能量，但它仍然頑強地困擾我們，從世界戰爭到夫妻反目，那麼，我們何不定下個徹底消滅它的目標，比如一旦在基因組裡找到攻擊基因，即剔除之？豈不世界大同，永遠和平？

這就叫頭痛醫頭，腳痛醫腳。「同種攻擊」是本能，是自然力，是天地不仁，人類能到如今，是憑它一路「殺」過來的。可是你若對它有所質問，它絕對一臉茫然。

這好比水。傳說時代的鯀，治水是用堵，總不成功，被舜殺了，鯀的兒子禹來治，用疏，成功了。這是老祖宗留給我們對待自然力的遺訓。我想禹治水也要用一些堵，但堵的目的是讓水向疏的方向走，導向海。水進入海，平靜了，景觀很好。

勞倫茲自撰了一個詞稱為「攻擊性熱情」，認為藝術創作與它有關。我想，這暗示出藝術的生物起源，只是動物都有同種攻擊的本能，為什麼只有人才可以將之導為藝術創作的能量？

我在「之一」裡引述過勞倫茲講「『模仿誇張』可以導致儀式。事實上儀式十分類似象徵事物，儀式也產生誇張的影響，這也是赫胥黎在觀察大冠鴨時感到吃驚的事。……不用懷疑，人類的藝術主要也是在儀式中發展的。『為藝術而藝術』的自主性只是文化過程中的第二步。」

我一直對藝術起源的問題有興趣，後來覺得可能是問題錯了。問題是有沒有藝術起源這回事，或者說，「藝術」這個後天的概念誤導了我們，以為藝術是由起源而來的。這種觀念是個「語言障」。

社會性動物產生了儀式化的行為，但這個行為不是藝術行為；人類是社會性的動物，也有儀式化的行為。人類的催眠機能產生了原始宗教，是一種逐漸文化化的儀式行為。原始宗教中，充滿了「模仿誇張」的意識與行為，意識和行為要模式化，模式化的東西才好傳遞，否則一世而斬。

模式化的東西會異化，宗教中一些模式後來就異化成了藝術。「為藝術而藝術」是藝術的再異化。

本能會成為潛意識和顯意識，「攻擊」隨時是潛意識和顯意識，比較之下，「性」就不是那麼隨時。佛洛伊德說藝術創作是性的轉化，這個說法影響了近當代無數的中國藝術家。現在介紹說勞倫茲認為「攻擊熱情」與藝術創作有關，不知道會不會產生同樣的影響。中國藝術家非常願意接受理論的影響，也非常願意被理論異化，有點兒視其為「登龍術」。畢加索老實，他說他的理論「僅止於咖啡館裡聽到的片言隻語」，足夠了。

不僅藝術，學術也是非常有「攻擊熱情」的。先秦的「諸子百家」，都在互相攻擊。我們看現在有些學術文章、學術會議，幸虧尚有規範，一旦失範，無異熱情的刀劍。

藝術呢，除了性和死亡，攻擊也是永恆的主題之一，流行的說法是暴力。所謂愛，如果是與死亡、暴力綜合，效果就非常強烈。幾大古典小說，無不貫穿著攻擊心理和行為，讀者愛看，於是可以傳世。魯迅的小說，尤其「吶喊」系列，有著沉實的攻擊熱情，雜文則乾脆是匕首投槍。莫言的「紅高粱系列」，充滿了燦爛的攻擊熱情，愛和死亡都是勃勃跳的。愛很危險，內含的攻擊熱情搞不好就導致死亡。

藝術常常表現嫉妒。嫉妒是什麼？嫉妒就是攻擊的前導情緒，它常常比憤怒來得強烈，宗教有時不限制憤怒，當需要衛道的時候，但宗教限制嫉妒。

法國梅里美的《卡門》是嫉妒的經典。它被法國的比才改成過歌劇，由此又產生了管絃樂組曲，再產生了西班牙薩拉薩蒂的提琴幻想曲，俄國人又改編過芭蕾，西班牙人在八十年代拍過一部戲中戲的電影《卡門》，其中的佛拉明哥舞，極具攻擊的震撼。嫉妒，可以炒成無數盤辣味菜，永遠有吸引力。

孤獨呢？既得不到釋放攻擊的快感，也得不到壓抑攻擊的快感，這種茫然就是孤獨。孤獨暗藏著隨時會引發攻擊的可能。詩人用持久的熱情歌詠孤獨，我們不妨小心一點。

舉凡我們用爛的什麼「艱苦卓絕」、「精神飽滿」、「鬥志昂揚」等等，被視為的健康狀態，無非就是攻擊熱情。

健身，有氧舞蹈，都在消耗攻擊熱情的能量，或是維持攻擊熱情於長久，要不是被概念為健康，做起來會有心理障礙的。體育競賽是極端的例子。

美國的ＮＢＡ籃球聯盟，原來有個不成文法，就是不許扣籃，因為這種攻擊動作在白人看來有污辱性。但是這種攻擊動作能極大滿足球迷的攻擊熱情，表現形式又被黑人球星玩得出神入化，一夫闖關，萬夫莫敵，所以現在成了ＮＢＡ最大的彩頭。

中國的足球踢不踢得出亞洲，不是最要緊，只要踢，就能滿足球迷們的攻擊熱情。不過我這麼說，就冒著被球迷攻擊的危險。

冰球、拳擊運動還用我再囉嗦嗎？

藝術當中飽含了攻擊熱情和異化了的攻擊熱情，但這是我的引申，勞倫茲還不是這個意思。他的意思是說，攻擊熱情驅使藝術家去創作藝術。而且，攻擊熱情驅使人類做各種各樣的事情，比如探險、科學研究、經濟競爭、選舉、犯罪等等，凡是你能想到的創造性活動，人類不息的創造熱情，是本能中的攻擊熱情的轉化，所以，我們不能一勞永逸地剔除攻擊本能。剔除了，人類的進化就停止了。

相反的例子是佛教。印度佛教棄絕攻擊，不久就消亡了，繼之以公元前一世紀末克什米爾貴霜王朝將大乘佛教用為政治統治術，才又發揚光大，再傳回印度。

我小時候常在廟裡見到護法金剛怒目圓睜，各持致命法器。一個戒殺的信仰，何必呢？原來還是攻擊來攻擊去比較真實，少林僧有道理。

中國武術裡的武德，以不攻擊為要，好像兵家的最高原則是「不戰」，練是為防身，不是為攻擊。師父觀察到徒弟有殺心，是不傳絕招的。金庸的武俠小說則是攻擊得花樣百出，撩撥讀者的攻擊熱情，不過武俠小說是娛樂，我這麼說也是嚴重了。

我自己寫過一個中篇的武俠小說，其中總是要打而最終沒有打起來。退稿的編輯小聲兒作金剛吼：「你是真糊塗還是裝糊塗？武俠不打，砸的可是咱們的飯碗哪！」

一九九八年一月　加州洛杉磯

09

足球與世界大戰

炎熱的夏天就要來了。這話有毛病。夏天當然是炎熱的，所以「夏天就要來了」足矣，不必囉嗦炎熱。

不過人是感情動物，常常顧不上語法邏輯，變得語無倫次。記得我小時候有個鄰居，罵起她的兒子，真是恨鐵不成鋼，出口就是「王八羔子」、「小雜種」。她這個兒子是我的同學，有一次忍不住問他，「你要是王八羔子，你爸你媽就是王八了？」結果是我被「王八羔子」追得滿街跑。「必也正名乎」是要付出代價的。

今年，一九九八年，又到了四年一次的世界盃足球賽，照例會有二十多億人進入瘋狂，這個夏天會非常非常炎熱。所以，炎熱的夏天就要來了。

世界盃足球賽煽動起來的攻擊性熱情，幾乎是四年一次的世界大戰，奧林匹克運動會無疑是遜了一籌。一九三〇年之所以要辦這麼個世界盃足球賽，就是因為覺得奧林匹克運動會中的足球賽，實在不足以滿足足球運動的瘋狂。

我們不妨隨便看看我們在過去將近七十年裡的瘋狂。

一九二八年，國際足球協會主席雷米在阿姆斯特丹開會的時候，建議辦四年一次的國際足球大賽，提案通過。

法國工匠做出一個重一公斤半，也就是我們的三斤重的鍍金獎盃，樣子是勝利女神直立展翅，命名為RIMET世界盃，也就是「雷米」世界盃。

一九三〇年，首屆世界盃國際足球賽開始，烏拉圭捧走了金盃。之後，義大利保持了獎盃八年，巴西保持了八年。所謂八年，就是連續奪得兩屆冠軍。

一九七〇年，巴西再次奪得冠軍。依照規則，巴西永久擁有這個三斤重的金盃。一九七四年開始，世界盃改稱FIFA世界盃，FIFA是國際足球協會的縮寫。這個獎盃，是由義大利米蘭的工匠製造。

這個盃，屬於FIFA的永久財產，義大利和當年的西德雖然各得了三屆冠軍，卻不能永久擁有，只能保存複製品。

這樣一來，巴西豈不是佔了便宜？沒有。巴西永久擁有的那個「雷米」獎盃，被人偷走了，大家也就擺平了。

一九六六年全世界最轟動的大事不是中國的「無產階級文化大革命」，而是那個世界盃「雷米」失竊。後來英格蘭的一隻狗在一個菜園子裡找到它，狗的主人柯伯特於是得到一大筆獎金。柯伯特決定獎勵狗吃一個星期的魚子醬，一個狗食公司馬上跟進，免費供給一年的狗食。我的經驗是，狗吃過高級食品後，普通食品就很難下嚥了。

不過「雷米」金盃在一九八三年再次失竊，一般認為它已被熔毀。巴西足協永久擁有的那一座，是複製品。

也是和食品有關，一九七四年足球世界盃前，薩伊隊到埃及踢熱身賽，帶去調理好的猴兒肉，結果埃及廚子與他們大吵，大罵他們殘忍。經過協調，決定由薩伊隊自己煮，而且只能在自己的房間裡吃。

美國有三大球，棒球，籃球，美式橄欖球，但是沒有足球。美國人覺得長時間不進球的運動有點莫名其妙，起碼沒有效率，因此美國從小學到大學，都沒有足球課。一個美國孩子，從小學就熟悉三大球的玩法，想想我們對乒乓球的熟悉程度吧。三大球的術語，盡人皆知。沙林傑的著名小說的題目被中譯成《麥田捕手》（編按：原文書名《*The Catcher in the Rye*》），其實它是棒球裡外野捕手的意思，也就是我們常看到的那些跑到最遠處接球的人。

一九五〇年，美國隊在世界盃足球賽中以一比〇擊敗英格蘭隊。可能嗎？要知道足球這個遊戲是英國人發明的，美國人發明的籃球，因此英國報紙將記者發回去的比數改成英格蘭以十比一勝美國隊，次日見報，舉世嘩然。不過。美國人也認為贏得僥倖的，美國隊蓋耶特金飛身接應隊友巴爾的長射，順勢將球頂入，場上的另一個隊友柯夫認為「蓋耶特金肯定不知道球是怎麼進的」。

一九七四年荷蘭郵政局局長認為荷蘭隊鐵定贏，於是開機印了荷蘭隊成為冠軍的郵票，結果是只能悄悄銷毀。當然這件事還是傳出來了，否則我也不會寫在這裡。

一九八六年世界盃足球賽時，義大利一個修道院特准修士們熬夜看電視轉播。按規定，修道院晚上十點半必須就寢。如此一來，修士們就可以在十六世紀的小房間裡暢飲啤酒，大呼小叫。不過，上帝永遠是看現場的。

並非足球強國的人才對足球瘋狂。孟加拉一位三十歲的婦女是喀麥隆球迷，一九九〇年八強大戰時喀麥隆輸給英格蘭，她竟自殺了，遺書上寫道，「喀麥隆離開了世界盃，就是我該離開世界的時候了。」

孟加拉如同我國，從未踢出過亞洲分區，不過一九九四年為了看轉播，孟加拉的大學生發動遊行，要求當局推遲期末考試。

足球甚至有關人格。蘇格蘭一家醫院的廚子坎普對蘇格蘭在一九七八年世界盃賽中的表現甚為不滿，登報聲明從此不做蘇格蘭人，要做英格蘭人。為此，坎普請了老師補習正統英語，改掉自己的蘇格蘭腔。

一九七八年，阿根廷主辦世界盃賽，游擊隊刺殺了主事的退休將軍，不過游擊隊馬上宣佈停火，支持籌辦世界盃。

巴西球王比利說過，「在巴西，只要贏了世界盃，政府怎麼胡來都行，人民一點不在乎。」

賺人發瘋的錢，是一筆大買賣。一九九四年，二十億人通過電視轉播看世界盃比賽，電視公司得到的廣告收益是上百億美元。

哪個國家主辦世界盃足球賽，哪個國家就賺錢。一九六二年，智利大地震，但堅持不讓出世界盃的主辦權。一九七八年，阿根廷通貨膨脹嚴重，因為主辦世界盃而解除了危機。

可惜，今年的世界盃主辦國與亞洲無緣，否則亞洲的金融危機也許會轉化，而不會像專家們預言的那樣需要三年。

不過，據美國一家研究機構做的調查，一屆世界盃下來，全世界會損失四千億美元。一九八二年，當時的西德對當年在西班牙舉辦的世界盃賽作了研究，發現德國工人曠工在家看電視轉播，損失了六億工時，等於政府損失了四十多億美元。

足球近似規則化的暴力，攻擊性非常強，當然比拳擊還差了一截。

一九三〇年首屆世界盃足球賽，阿根廷隊對墨西哥隊時，阿根廷吃了五次十二碼罰球；對智利時又大打出手，裁判只好召警察入場；決賽時對烏拉圭，大批阿根廷球迷持械入場，我估計阿根廷隊若輸了的話，大批棍棒是打本國隊員的。

一九三四年義大利隊與西班牙踢成平局，大批隊員受傷。隔日再戰時，兩隊只好換上新的隊員。

一九五四年巴西對匈牙利，踢球加踢人，從場上一路混戰到休息室。

比利在一九六二年一開賽就被弄傷，一九六六年被惡整之後宣佈不再涉足世界盃足球賽。

球迷暴動還用我說嗎？

除了暴力，巫術也不缺席。一九八二年秘魯對喀麥隆，秘魯的巫師沙馬尼哥說他感應到喀麥隆的巫師對秘魯隊施法術，於是召集了十二名巫師，各持大刀、棍棒和樺木條，在首都利馬郊外集合。沙馬尼哥唸咒，其他巫師則揮舞法器，之後沙馬尼哥宣佈已經制伏了喀麥隆巫師召來的惡靈。秘魯隊與喀麥隆隊比賽的結果是，〇：〇，兩隊後來都沒能打入複賽。

喀麥隆的巫師檢討之後，在一九九〇年再度作法，他們要足球隊員穿特定顏色的衣服，請球迷將老鼠和雞放進球場。做這些事情時都要小心，一九八九年十一月，一名辛巴威的選手遵巫師囑，賽前公然在球場撒尿，結果被罰終身禁賽。

阿根廷的一位家庭主婦說，「比賽開始前，我繞著椅子按順時針方向轉兩圈，再按逆時針轉兩圈，阿根廷就會贏。」

阿根廷的總統梅南也一樣。他一九九〇年說，「我總是在這兒（總統府）看轉播，每次都穿同樣的衣服，打同一條領帶。」他認為這樣會給阿根廷隊帶來運氣。我覺得看球賽還帶領帶實在是嚴肅了，不過總統先生可能認為足球是嚴肅的事情。

義大利前總統帕廷尼常請義大利國家隊到總統府吃飯。一九八二年的那次世界盃賽前，已經八十五歲的他，還特別囑咐義大利國家隊的主力隊員羅西說：「記住射門！還有，躲開鏟球！」鏟球躲不躲得開，專業球員不一定能處理好，但專業球員如果記不得射門，也就別踢了。義大利隊奪了冠軍回來，羅西將自己的球衣贈給老總統，報答他的赤子之心。

鄧小平則是每天深夜準時收看轉播，而且還要錄下反覆看重要段落，是專業球迷。順便說一下的是，我看報導說中國國家足球隊到韓國比賽，回國後教練的感言是原來韓國隊每天吃牛肉，所以體力強。體力是由高質量的飲食保證的，這是常識，國家隊不會連常識都不知道吧？所以我懷疑報導有誤。記得初中時參加游泳訓練，教練說：「家裡供不起每天二兩牛肉的，以後就不要來了。」我以後就沒有再去了，只到玉淵潭去游渾水。

世界盃足球賽期間，性似乎是關閉的，所以才有「足球寡婦」的說法。一九九四年世界盃期間，一對瑞典夫婦去朋友家看現場轉播，之後，太太沒興趣，先睡了。到瑞典射人一球的時候，先生搖醒太太，太太不想聽，於是夫婦吵將起來，結果是太太大怒，抄起剪刀就是一下，然後忿忿睡去。客廳裡主人還在電視機前狂喜，誰都不知道有一個人倒在血泊中死去。

愛爾蘭是個窮地方，但是到了世界盃期間，砸鍋賣鐵也要飛到主辦國去看球賽，或者在酒吧裡看轉播一醉方休。球賽終於全部賽完，足球寡婦們遞給足球先生的是離婚書。

泰國衛生部副部長一九九四年說：「泰國婦女希望世界盃永遠不結束。」因為時差的關係，泰國男球迷看現場轉播是在夜裡，聲色場所當然是不去了。

我覺得足球賽中最慘的是裁判。

裁判足球賽，很多判斷是主觀的，哲學上稱「自由心證」，俗話說就是

「隨你怎麼吹了」。

一九七四年世界盃賽，薩伊對南斯拉夫，薩伊隊的二號踢了裁判的屁股，裁判轉回頭來卻將薩伊隊的十三號罰出場。這是二十億人都眼睜睜地看到的自由心證。

在攻擊性這樣強烈的運動中做裁判，裁判員掙的是性命錢。一九八九年哥倫比亞的一位巡邊員，剛下計程車，就被幾個人持烏茲衝鋒槍掃射身亡。阿爾及利亞的一位裁判掏紅牌罰一個隊員出場時，反而是自己被當場毆打致死。

裁判也需檢點自己，不要火上澆油。第一屆世界盃時，離賽時結束還有六分鐘，巴西裁判就吹哨鳴金止戰。忙什麼呢？

一九六二年智利對義大利，被裁判罰出場的隊員竟能賴在場上十分鐘不出去。智利的球員放了一拳在對手臉上，裁判視若無睹。這位裁判大概是早已雇好保鏢了。

最危險的是一九七八年，阿根廷隊必須踢進四球，而且要贏三個球以上才能出線，於是買通秘魯隊和裁判。結果這一場對阿根廷隊大放水，兩個越位進球，裁判硬是「有看沒有見」，巴西隊贏得好端端的竟落了個出局。

有人說，國際爭端，不如以足球賽的方式解決。我以前也不知好歹地附議過，可是細想想，原來危險很大。足球不能解決國際爭端，它只能煽起不可遏制的攻擊衝動，只能使國際爭端中僅有的理性喪失。讓足球只是一種遊戲就好了，就好像讓文學只是文學就好了，不要給它加碼。任何事都是這樣，按常識去做，常常在於智慧和決心吧。

一九九六年十一月，中國足協國家隊管理部主任在全國足球工作會議上說：「與其窩窩囊囊地輸，不如悲悲壯壯地死。」

一九七四年世界盃賽前，薩伊總統對即將出發的薩伊球隊說：「不贏球，就是死。」結果膽顫心驚的薩伊隊連一場都沒有贏過。總統先生何苦來？

中國如果想贏得世界盃冠軍，還是要老老實實從常識做起，第一就是飲食要改變，老老實實吃牛肉，豬肉再香，也不能吃了。老老實實吃奶皮子，乳酪，「起司」，難吃也要吃，這樣才能滿場飛。

我喜歡看英國人、德國人的足球，他們跑起來像彈弓射出去的彈丸，腳下不花巧，老老實實地傳，老老實實地飛奔，這才是體育運動。

寫到這裡，突然想到好像還沒有看過有關足球的小說。想了想，想不太通，算了，不想了，還是準備看轉播吧。

一九九八年三月　加州洛杉磯

10

跟著感覺走？

大概十年前了吧，流行過一首歌叫〈跟著感覺走〉。不過，好像跟著感覺走了一陣子，又不跟著了，可能還是跟著錢走來得實在吧。這倒讓我想起歷來的讀書人，好像只談感覺的問題，而不太談吃飯的問題。談，例如古人，也只是說「窮困潦倒」，窮困到什麼地步？不知道。怎樣一種潦倒？也不清楚。正史讀到「荒年」、「大饑」，則知道一般百姓到了「人相食」的地步，這很明確，真是個活不下去的地步。

魯迅寫過一個孔乙己，底層讀書人，怎樣一種潦倒，算是讓我們讀來活生生的如同見到。還有《浮生六記》的夫婦倆，也很具體，當然歷代不少筆記中也有小片段，遺憾在只是片段。

我在貴陽的時候，見到過一本很有趣的書，講若上京趕考，則自貴陽出發時雇驢走多少錢，雇馬走多少錢。第一天走到什麼地方要停下來住店，多少錢，一路上的吃喝用度，都有所需銀兩細目。直到北京盧溝橋，當晚可住什麼店，多少錢，第二天何時起身入城，在京城裡可住哪些店或會館在哪裡，各多少錢，清清楚楚，體貼爽利。最有意思的是，說過娘子關時可住的一個店中有一位張寡婦，僅此一句，別無囉嗦。

我手上有一本四十年前陳存仁先生在香港寫的《銀元時代的生活》，常常閒來無事前後翻翻。陳存仁先生原是上海的一個醫生，後來到香港還是行醫，行醫之餘，寫一些銀元時代的生活的連載短文，慢慢集成一本書。書中對清末到抗戰爆發這一段生活，記載甚詳，包括一屜小籠包多少錢，什麼地方的一席宴多少錢，什麼菜。他編過一部有名的藥典，抄寫工多少錢，印刷多少錢。他因行醫的關係，與民國元老吳稚暉有交往，也被章太炎收為關門弟子。這些交往，陳先生寫來細節飽滿，人情流動，天生無文藝腔。有個事情如果不是陳先生全過程的敘述，我們會以為怎麼可能發生？原來民國初建時的一大攤革命事務裡，有一項是立法廢除中醫中藥，陳先生張羅著到南京請願，才將中醫中藥保留下來。

我也是不長進，過於庸俗吧，很感興趣這些細節。三十年前我去鄉下插隊，首先碰到的就是一日三餐的問題。初時還算有知青專款撥下去，可度得一時，後來問題就大了，不由得想到念書時灌到腦子裡的古代詩人的三餐。

李白千古風流，可是他的基本生活是怎樣的，看詩是知不道的。他二十五歲開始漫遊，除了一年多在長安供奉翰林，一日三餐不成問題，其餘，直到去世的三十五年中，都在漫遊，每天具體的三頓飯，不必三頓，哪怕一天一頓好了，都是怎麼解決的？詩中他常喝酒，酒雖然會醉人，但還是有營養的。有酒，起碼就有一些下酒菜，可以抵擋一天沒有問題。而且，古代的酒類是果酒，類似現在的「紹興加飯」或「女兒紅」，或者米酒，類似日本的SAKE，即清酒，可以喝得多而慢醉，只要不吐，就可以吸收成為熱量。

李白他們的古代，一般人，尤其文人，是不喝我們現在這種白酒，也稱為「臭酒」的。「臭酒」是兩次以上蒸餾，消耗糧食的量很大，多是河工，也就是黃河防洪的服徭役者喝，或苦力喝，再有就是土匪，一是抵寒，二是消乏，三是壯膽。我們現在社會上流行喝臭酒，是清末至民初軍閥時期興起來的，說實在，酒品很低，雖然廣告做得鋪天蓋地。

李白若喝臭酒，什麼詩也做不出來，只有昏醉。張旭的酒後狂草，也是低度果酒的成果。武松喝的那過不了崗的三碗，是米酒類，稍烈一點，但危險一來，要能做汗出了，才好打虎。

洋人的情況差不多。所謂酒神精神，是飲果酒，也就是葡萄酒後的精神。伏特加算最烈的了，離二鍋頭還差著一截，我去俄國、丹麥、瑞典，見他們常喝。寒帶人多數人有憂鬱症，這與陽光少有關，尤其長達半年的白夜，真是會令人憂鬱至極，酒可以麻醉憂鬱。到他們的地區，看他們的畫，讀他們的詩、小說，聽他們的音樂，都是符合的，不符合的，反而是異國色彩。

我的一些朋友，有憂鬱症的，模仿起寒帶藝術來真的是像，說模仿不對，是投契。沒有憂鬱症的，就是模仿了，東西總是有點做作。前些年美術圈興過一陣「魏斯」風，幾年下來，我們看在眼裡，心下明白誰是投契，誰是投機。魏斯，是有憂鬱症的，憂鬱得很老實，並老老實實地畫自己的憂鬱。美國有不少患憂鬱症的人，極端的會自殺。醫生有時不給他們開藥，只是說，到熱帶去度個假吧。憂鬱症是因為起神經傳導作用的去甲腎上腺素降低，吃些三環類的藥就好了，只不過藥效過後容易再犯，變成對藥物產生依賴，於是容易更憂鬱，所以還是度假的好。從報導上看，寫《哥德巴赫猜想》的詩人徐遲的自殺，應該是患有嚴重的憂鬱症。

病症影響情緒，這是每個人都有體會的，不要說癌症了，就是一個傷風鼻子不通，也會使一些人痛感生活之無趣。歐洲藝術史上有所謂浪漫主義時期，察檢下來，與彼時的肺結核病有關。

結核病的症狀是午後低燒，蒼白的臉頰上有低燒的紅暈，眼球因為低燒而眼壓增大，角膜也就繃緊發亮，情緒既低沉憂鬱又亢奮，頻咳。在沒有電燈的時代，燭光使這樣一副病容閃爍出異樣的色彩，自有迷人處。蕭三是這樣的藝術家的代表人物。那時肺結核可說是一種時髦病，得了是又幸又不幸。

我國在上個世紀末這個世紀初，鴛鴦蝴蝶派的小說裡，肺結核的男女主角一個又一個，這股風氣由歐洲傳來，林琴南譯的《茶花女》，風靡讀書人，於是讀書人做小說下筆也就肺結核起來。當時的讀書人，覺得肺結核有時代感，健健康康的，成什麼樣子？其實中國小說早有一個肺結核的人物，就是《紅樓夢》中的林黛玉。那時還沒有肺結核這個詞，結核病統稱「癆病」，但曹雪芹寫林黛玉的症狀很細，包括情緒症狀，所以我們可以確定，林黛玉是結核美人。

現在具有現代感的病是什麼，前些年是癌症，由日本傳來，弄得華語地區的電視連續劇，一集一集的總會拍到醫院病房去，鮮花和閃電中，最後的隱情。其實最現代的是愛滋病，但是小說家編劇人好像還沒拿捏好，嫌它有亂交的麻煩，再說吧。

治療肺結核病後來變得很簡單，現在這種病幾乎不再發生了。很巧，這時浪漫主義也結束了。

我這麼講可能很不厚道，可是當時作家好像也不厚道，無病不成書。如果以病症為常識，來判斷藝術的流派或個人的風格，其實是可以解魅和有更踏實的理解的。

電影《阿瑪迪斯》對莫札特的葬禮有一個暗示，就是喪葬工人潑灑了幾鍬石灰到屍袋上。莫札特的音樂清朗澄明，不像病人所為，但說他被纏於債務，貧病交加，什麼病呢？莫札特難道是用音樂超拔自己的困境，包括病？貝多芬則是先天性梅毒，導致盛年耳聾，而且梅毒引發狂躁與沮喪，當時還沒有發明盤尼西林這種特效藥，梅毒無疑就成了貝多芬不可抗拒的命運，例如他幾次的戀愛都不可能結果為婚姻。我們知道了這一層，對他晚年的作品，例如弦樂四重奏，無疑聽得出來劇痛與暫時緩解的交替，驚心動魄。我們知道，貝多芬拒絕用藥，是他執著那些交替可以轉換成音樂狀態嗎？舒曼不幸也是先天性梅毒，最後導致精神分裂，我們聽他的晚期的作品，例如鋼琴五重奏，明顯的失誤，無與倫比的魅力，同時在一起。

魯迅患有肺結核，這也是他的死因。我們講過了肺結核引起的情緒症狀，「一個也不寬恕」的絕決，《野草》中的絕望，就多了一層原因。他晚年的文章幾乎都很短，應該與體力有關。

這並非說藝術由疾病造成，而是文思的情緒，經由疾病這個擴大器，使我們聽到看到的有了很難望其項背的魅力。當然，也有人裝瘋賣傻，哄抬自己，一談到價錢，瘋還是瘋，但是一點也不傻。只可憐不明就裡者，學得很累，錢呢，花得很冤枉。跟著感覺走，不知道會走成什麼樣。

所以我們不妨來談談感覺或者情感。

你們肯定猜到我又要來談常識了。不錯，不談常識談什麼？世界上最複雜的事是將複雜解為簡單。當然，最簡單的事也就是將明明簡單的事搞得很複雜，我們可以從民生的角度原諒長篇大論的一點是，字多稿酬也就多了。

法國有個聰明人傅柯，好像是他講的，「知識也是一種權力。」對中國人來說，我們不需旁徵博引，只要略想想科舉時代的讀書，就明白了。「書中自有黃金屋，書中自有顏如玉」，書中還可以有一人之下萬人之上，總之，可有的多了。但問題還有另一面，常識也是一種知識，只是這種知識最能解構權力。五四時代講的科學，現在看來都是常識，卻能持續瓦解舊專制。過了半個世紀，有一句話，「實踐是檢驗真理的唯一標準」，還是一句有關常識的話，因為之前，實在是一點常識都沒有了。

不過常識這個東西也有它的陷阱。常識是我們常說的智商的基礎，智商這個詞我們知道是由ＩＱ翻譯而來。我們還有一個由日文漢字形詞而來的「知識」，當年曾用過「智識」。我覺得還是「智識」好，因為「智」和「識」是同類的，「知」，如果是「格物致知」的那個知還好，否則只是「知道」。

八十年代初興過一陣智力競賽，類似「秦始皇是哪一年統一中國的」這種題鋪天蓋地，有些單位舉辦這種競賽，甚至影響到職工福利的分配。但這是「知道競賽」，我不知道的，你告訴我，我就知道了，很簡單的事。智力是什麼？是對關係的判斷。你告訴我秦始皇是怎麼一回事，中國當時是怎樣一種情況，問「秦始皇會怎樣做？」這才是智力所在。中國有個說法是「小時了了，大未必佳」。小時了了是五歲識得一千字，大未必佳是上大學了還不會洗腳。我在台灣聽到諾貝爾化學獎得主李遠哲先生講，如果在家裡沒有做過家務，例如洗碗，成績再好，我也不收他做化學博士研究生。

ＩＱ是Intelligence Quotient的縮寫，它在西方行之有年，傳到中國，也用來測之有年。不過，這個ＩＱ是大有問題的。

ＩＱ是指，智力年齡÷實足年齡×100之後的那個值。這個值若是120以上，算「聰明」，不足80的，是「愚蠢」，而且永遠就是這樣的，變不了。小時了了，大未必佳。小時了了是ＩＱ絕對120以上，但是，大未必佳，也許會低於80很多。我們幾乎人人都有這種身邊的例子，小時的玩伴一直到大學畢業的同學，聰明，老師寵愛，親友讚不絕口，五年過去了，十年過去了，當初被識為「傻蛋」、「呆瓜」、「蠢豬」的孩子，留級生，常補課的，三腳踢不出個屁的，反而有出息得多。最有意思的是高材生們還在咀嚼當年的豪言壯語，智力低下到竟還沒有明白那些目標既非豪也不壯，只是一點學生腔罷了。最令我驚異的是，我在美國遇到不少從中國來攻讀學位的，也是如此。「美國」這個詞，也是一種魅，好像它等同ＩＱ。因為中國人出國還非易事，這種魅還不易除，不過這些年來開始漸漸明朗了。

我有一次在聚會時說：「所謂好學生是一個問題只知道標準答案的人。」你如果明白一個問題有兩種以上的答案，好，你苦了，考試一定難及格。事後才知道，這個意思結結實實得罪了一些人，這是我活該，因為我也把「好學生」表達為一種答案的形式了，可見我的ＩＱ確實不到80，也就是愚蠢。這個歲數還這樣，改也難了。

ＩＱ的問題，在其計算公式的產生地也越來越遭到質疑，所以近十年來，ＥＱ的重要性很快地超過ＩＱ的重要性。

ＥＱ是Emotional Intelligence的意思，譯為情商（編按：台灣譯為「情緒智商」），不過時髦的人直稱ＥＱ，似乎用漢語說「情商」，有ＩＱ不足的嫌疑。

你會說，這已經是老生常談了嘛，尤其丹尼爾・高曼（Deniel Goleman）一九九三年寫了那本暢銷書《ＥＱ》（*Emotional Intelligence*）之後，ＥＱ已經成了常識。沒錯，我就在說這個常識。

也許你還記得我寫過一篇〈愛情與化學〉，那篇文字裡介紹過爬蟲類腦是我們人類腦裡的最原始部位，它主管著我們最基本的生命本能。這之後發展出古哺乳類腦，其中有個「情感中樞」。

情感中樞中最古老的部分是嗅葉，負責接收和分析氣味。氣味對古老動物的重要，可說是攸關性命。食物可食否，是否為性對象，捕捉與被捕捉的辨別，都靠與氣味的記憶的比對結果。

嗅葉只有兩層細胞，第一層負責接收氣味並加以分類，第二層負責傳遞反射訊息，通知神經，指揮身體採取何種反應。

當嗅葉進化發展成情感中樞時，腦才開始有情緒功能。而在進化過程中，逐漸形成的情感中樞逐步修正學習與記憶這兩大功能，古哺乳類動物才有了更複雜的反應的可能。當然，氣味是反應的基礎，以至情感中樞裡有了一個嗅腦部分。

一億年前，到了新哺乳類動物的腦，也就是靈長類動物和之後人類的腦，開始增添了幾層新細胞，智慧開始出現了。

我這樣的描述，是要警惕的，因為進化的情形並非是說有就有了。我們解剖看到腦的組成，之後描述了大的區別，至於進化過程的實證，生物學家還在尋找。

人類的腦，最終進化出了對感覺可以加以思考，也可以對概念、符號產生感覺的功能。腦神經的互聯更為複雜，有更多的反應，情緒也就精緻起來，可以對感覺有感覺。新哺乳類腦的情感中樞在腦神經的結構中是個非常非常重要的角色，對腦部的其它功能有非常非常大的影響，到了可以左右我們的思考能力的地步。

不過，我們要回到情感中樞的嗅腦那一部分，因為裡面有兩個部分極為重要，一個命名為海馬迴，一個命名為杏仁核，都是因為它們的形狀，而非其功能。

我們知道，杏仁核的功能，是紐約大學神經科學中心的約瑟夫．勒杜克斯（Joseph LeDoux）發現的。沒有這個發現，ＥＱ的重要性不會超過ＩＱ。勒杜克斯發現，當負責思考的大腦皮層對刺激還沒有形成決定的時候，杏仁核已經指揮了我們的行為。我們有很多悔之莫及的行為，就是因為杏仁核的反應先於大腦皮層的思考，不免失之草率。

在這個發現之前，醫學界認為感覺器官先將感覺信息傳到丘腦，轉為腦的語言，再傳到大腦皮層的感覺處理區，整理成感覺，形成認知和意義，再傳到情感中樞，決定如何反應，再通知其它腦區和全身。通常的情況確實如此，這意味著，杏仁核是依靠來自大腦皮層的指令來決定情緒反應。

勒杜克斯的革命性發現是，除了我們已經知道的丘腦到大腦皮層的神經元，他找到了我們以前沒有發現的丘腦直達杏仁核的一小綹神經元。這樣，杏仁核搶先於大腦皮層的處理過程，激發出情緒反應與相應的行為反應方式，先斬了再說。

勒杜克斯用實驗證明了杏仁核處理過我們從未意識到的印象和記憶。他以極快的速度在試驗者眼前閃過圖形，試驗者根本沒有察覺，可是之後，他們會偏好其中的一些很奇特的圖形，也就是說，我們在最初的幾分之一秒，已經記得內容並決定了喜歡與否，情緒可以獨立於理智之外。

至於海馬迴，則是一個情境記憶庫，用來進行信息的比對，例如，關著的狼與荒野中的狼，意義不一樣。海馬迴管的是客觀事實，杏仁核則負責情緒意義，同時也是掌管恐懼感的中樞。如果只留下海馬迴而切掉杏仁核，我們在荒野中遇到一隻狼不會感到恐懼，只是明白牠沒有被關著而已。又如果有人用一把槍頂在你腦袋上，你會思考出這是一件危險的事，但就是無法感到恐懼，做不出恐懼的反應和表情，同時也不能辨認別人的恐懼表情，於是槍響了。這是不是很危險？

杏仁核主管情緒記憶與意義。切除了杏仁核，我們也就沒有所謂的情緒了，會對人失去興趣，甚至會不認識自己的母親，所謂「絕情」，也沒有恐懼與憤怒，所謂「絕義」，甚至不會情緒性地流淚。雖然對話能力並不會失去，但生命可以說已經失去意義。

杏仁核掌管的恐懼，在動物進化中地位特殊，分量吃重，因為它決定了動物在生死存亡之際的反應，戰還是逃。

杏仁核儲存情緒記憶，當新的刺激出現，它就將之比對過去的記憶，新的刺激裡只要有一項要素與過去相彷彿便算符合，它就開始按照記憶了的情緒經驗啟動行為。例如我們討厭過一個人，以後只要這個人出現，我們不必思考就討厭他或她。勒杜克斯稱此為「認識前的情緒」。

這樣，雖然杏仁核的反應是為保護我們的生存，但在一個變化迅速的環境裡，我們不免會受到誤導。因為一，很可能舊的情緒記憶相對新的刺激已經過時；二，杏仁核的反應雖然快，但失之草率。

我們的童年時期，是杏仁核開始大量儲存情緒記憶的時期，這也就是一個人的童年經驗會影響一個人一生的原因。一個成人，在事件發生時，最先出現的情緒常常就是他的杏仁核裡童年就儲存下來的情緒模式。你可以明白，父母常在小孩子面前吵架甚至動手，小孩子雖然小到還抱著奶瓶，但他已經「看」在杏仁核裡了，他只是還不能思考這個記憶。這也就是最危險的。虐待，嬌寵，虛偽，等等等等，小孩子將來有的好受了。前些年在美國愛荷華大學發生中國留學生盧剛殺人事件，是一個典型的ＥＱ出了問題的例子，因為盧剛的ＩＱ沒有問題。童年、少年處在「無產階級文化大革命」時期的人，他們的杏仁核，就是國家的情緒命運，跟著感覺走？

如果你還記得我在〈愛情與化學〉裡介紹過的前額葉，你就知道事情還有補救。前額葉主司壓抑，它的理性作用可以調節杏仁核的「衝動」。前額葉會在刺激的瞬間對各種可能進行評估，選出最佳決策，再策動行為。

這就是最基本的ＥＱ。

我們的社會，強調了知識，強調了知識經濟，這似乎是沒有問題的。但是沒有ＥＱ，「人」將不「人」，「社會」將不「社會」。「勞動創造了人類」，這個「勞動」如果講的是工具使用，促使ＩＱ不斷發展，是有問題的。我看這個「勞動」應該解為勞動組織，這個組織，就是不斷成熟的社會關係，它的成熟，是由人類的前額葉與杏仁核的互相平衡造成。我們的前額葉裡都是一些什麼軟件？我們有怎樣的行為被孩子的杏仁核記憶為情緒？

孔子在兩千多年前就提出「仁」，我們意識到那是個ＥＱ的里程碑嗎？孔子的教材裡當然有彼時的ＩＱ成果，但他的弟子們在《論語》裡，記載的都是老師的ＥＱ啊，那裡面有迫切的情緒焦慮。兩千年後的子孫沒有了自己環境中的ＥＱ問題嗎？一個富足但是ＥＱ低下的社會，是個可怕的社會吧？ＥＱ是不是較ＩＱ來得重要而且迫切呢？

你如果說我既然用一種知識的形式講出以上，所以是一種ＩＱ，所以ＩＱ比ＥＱ重要而且迫切，我當然只好閉嘴，去講ＥＱ對藝術的重要了，不過，那是下一個題目了。

一九九八年五月　墨西哥城

11

藝術與情商

一九八五年，評家說這一年是中國文學轉型的一年，這一年，當時還是西德的一個叫 Patrick Süskind，中文譯音為蘇斯金（台灣譯音為徐四金，正好與我的一個朋友重名）的人出版了他的一本小說《*Das Parfum*》，意思是香水。

《香水》轟動西德，一下賣出了四十萬本，旋即再轟動世界，被譯成二十七種文字。蘇斯金在一九八四年寫過一個單人劇劇本《低音大提琴》，一直到現在還是德國常演出的劇。

出了《香水》之後，一九八七年，蘇斯金有個短篇《鴿子》，九一年則有短篇《夏先生的故事》。《夏先生的故事》配插圖，現在給小說做插圖真是罕見，插圖者是我最喜歡的漫畫家桑貝（Jean-Jacques Sempé），我不太買小說，但這一本買了，算收藏。

《香水》實在是一本很絕的小說，絕在寫的是嗅覺。小說開始的一段，我個人認為可刪（是不是狂妄了？），將第二段作為開始：

我們要講的這個時代，城裡到處瀰漫著咱們當代人無法想像的臭味兒。道兒上是堆肥臭；後院是尿騷臭；樓梯間是爛木頭味兒、老鼠屎味兒；廚房是爛菜幫子味兒；屋兒裡憋著一股子陳年老灰味兒；臥房裡是黏床單子味兒，潮被子味兒，尿壺的嗆人味兒；煙囪是硫磺的臭雞蛋味兒；皮革場是鹼腥味兒；屠宰場是血腥味兒；人身上一股子汗酸味兒，衣服老不洗是股子酸臭味兒，嘴裡噴爛牙味兒，胃裡湧出來蔥頭的熱臭味兒；上點兒年紀以後，就是一股子乳酪的哈啦味兒，酸奶和爛瘡味兒。

河邊兒臭，教堂臭，橋根兒臭，皇宮也臭。鄉下人和教士一樣兒臭，學徒和師傅的婆娘臭成一個樣兒；貴族從頭臭到腳；皇帝也臭，臭得像野畜生，皇后臭得像頭老山羊，無冬無夏。十八世紀，還控制不了諸多細菌的禍害，人類拿它們沒法子，凡是活物兒，別管老還是小，沒有不臭的。

巴黎是法國最大的城圈子，所以最臭。這首善之區有個地方，打鐵街和鐵器街之間的無名屍墳場更是臭得出格兒。八百年了，主宮醫院和間壁的教區，成打的大車運來死人，堆到溝裡，一層摞一層，天天如此，積了有八百年。一直到後來，法國大革命前，有幾個死人堆塌了，漾出來的鹹臭味兒讓塞納河邊兒的人不是嚷嚷就算了，而是暴動。鬧到後來，關了墳場，再起出幾百萬的爛骨頭，運到蒙馬特地下墳場，原來的地方兒，搞成個菜市兒賣吃的。

我特別用北京方言譯了這一段，覺得這樣才有味兒。蘇斯金用味道畫了一張巴黎的地圖。蘇斯金當年為寫《香水》，一個人騎輛摩托車到法國南方香水產地轉悠，戴著墨鏡什麼也看不清，頂著頭盔什麼也聽不見，所以，嗅覺就成了他僅有的感覺了。

說實在的，當今的北京、上海，不是也可以用味道辨認的嗎？清朝咸豐年間，日本的一些崇拜中國文化的學者組了個團到北京旅遊觀光，以償景仰。不料到了北京，大清國的帝都，路邊有屎，蒼蠅撞頭，髒水出門就潑到街上，垃圾沿牆越堆越高，這些日本漢學者受的打擊實在是大，有的人回去後不再弄漢學，有的則是自殺，真正做到眼不見為淨。

我去印度，也是這樣。印度有個特別處是燒各種香的味道。巴基斯坦則是本國航空公司的飛機上也是國味兒，羊膻氣。美國加利福尼亞州南部，因為紫外線過於強烈，花不香，人好像住在電影裡。

日本是冷香型，竹林中有一種苦涼的草香氣，尤其雨後。

美國的香型是熱香型，進乾花店，一股子又甜又熱的味道像熱毛巾裹頭，熏得眼珠子都突出來。我還是喜歡冷香型，例如茉莉花，梅花，當然最好還是蘭花香，所謂王者香。桂花聞久了會覺得甜，有點兒熱。夜來香聞久了是臭的。閩南的功夫茶，第一道傾在一個細高的杯子裡，之後倒掉，將杯子放到鼻子底下聞，雅香入腦。天津的小站米，蒸或煮後，香味細甜。

說到臭，以前插隊第一次坐馬車到村裡，路上眼睜睜地看到馬放了一個屁，卻聞不到味兒，於是等馬再放屁，還是沒有味兒，真是驚奇，原來還有不臭的屁。

最可怕是黃鼠狼的屁，臭得極其尖銳鋒利。有的人的狐臭可以達到「無可比擬」的水平。唐朝時長安的胡人非常多，陳寅恪先生考證「狐臭」原來是「胡臭」，即胡人的體臭，可是唐詩裡好像沒有哪一首感嘆到，大概是沒人有勇氣將臭入詩。安祿山會做胡旋舞，臭味兒當然四散，玄宗皇帝和楊貴妃似乎聞不到，看得高興地笑起來。

我寫過一篇小說〈潔癖〉，講一個人有潔癖，這在北京當然是很難過的，「最難熬是上廁所。只是用過的紙積成山這一項，就叫老白心驚肉跳。味兒嗆得人流眼淚，老白很奇怪怎麼別人還能蹲著聊天兒，說到高興處，還能抽著氣兒笑。」

動物是不食自己的糞便的，只有互食。糞便的味道阻止了排泄者回收自己的排泄物。「回收沒有價值」等於「回收物沒有價值」，於是開罵：「狗改不了吃（人）屎」，「人類的狗屎堆」，「屁話」，「不須放屁，且看天地翻覆」。這最後一句是毛澤東的詩作，無產階級文化大革命中曾被中央樂團編成交響合唱，「不須放屁」之後，有長號的拖音摹仿，其實遠不如現場施放準備好的氣味來得夠情緒。不過，你也可以就此明白為什麼唐朝詩人不將當時普遍的體臭入詩了。

當藝術還與原始宗教不可分的時候，氣味是原始宗教中負責激起情緒的重要手段，流傳下來的手段大概只有燃香一項了。「燃香沐浴」，燃香，是製造規定的味道，沐浴則有祛除自己體味兒的作用；「齋戒」，也就是禁食，則是降低排泄物的產生。外清裡清，虔誠的情感狀態來了。

我不妨引一下上一期關於嗅覺的部分：

> 情感中樞中最古老的部分是嗅葉，負責接收和分析氣味。氣味對古老動物的重要，可說是攸關性命。食物可食否，是否為性對象，捕捉與被捕

捉的辨別，都靠與氣味的記憶的比對結果。

嗅葉只有兩層細胞，第一層負責接收氣味並加以分類，第二層負責傳遞反射訊息，通知神經，指揮身體採取何種反應。

當嗅葉進化發展成情感中樞時，腦才開始有情緒功能。而在進化過程中，逐漸形成的情感中樞逐步修正學習與記憶這兩大功能，古哺乳類動物才有了更複雜的反應的可能。當然，氣味是反應的基礎，以至情感中樞裡有了一個嗅腦部分。

怪的是，藝術逐漸從宗教中分離後，越分離得厲害，越不帶氣味。歌，沒有氣味；詩，沒有氣味；音樂，也沒有；畫，有一點，但是「墨香」、「紙香」或「油畫顏料的亞麻油味」。

電影被稱為「綜合藝術」，而且它與時代科技發展緊密相隨，但是電影就是沒有味道。電影中最尷尬的鏡頭就是情人們在花叢中激情不已，觀眾聞到的只是電影院裡各種奇怪的味兒。電影是只有「髒」沒有「臭」的藝術。

我還記得參加過的一次電影拍攝。有個鏡頭是需要男女相吻，但女演員嫌男演員總是吻得時間過長，有被吃豆腐的感覺。我建議她吃一點韭菜或蒜一類的東西。果然，再拍時男演員只吻了一下就立刻離開她的嘴。不過放映效果是情人男吻了一下情人女，之後就目光炯炯地深情地望著情人女。我至今不知道的是女演員到底吃了點兒什麼，因為拍攝現場找到蒜之類的東西的可能性太小了，我總不能懷疑她吃了屎吧？上個時代的美國性感男星克拉克·蓋博，我想你多多少少總看過那部根據小說《飄》改編的電影《亂世佳人》吧？好，你想起來了。蓋博是有名的口臭，與他有吻戲的女演員都有點膽顫心驚，據說有導演喊「停」之後女演員昏倒的情況。

美國電影協會今年票選出美國的一百部名片，《亂世佳人》排名第四。如果你認為《大國民》不應該排第一，《亂世佳人》就可以排到第三；如果你認為《北非諜影》和《教父》（第一集）不夠排第二和第三，那《亂世佳人》就是第一了。評選的結果一出來，美國的錄相帶店又鋪天蓋地地貼出《亂世佳人》的那張著名的接吻海報，我經過的時候看到，想，導演為什麼還不喊「停」？幸虧電影沒有味兒。

藝術沒有味兒，於是藝術只好利用視覺和聽覺引發情感。

我們需要再回憶點常識。上一期講到：

情感中樞的嗅腦那一部分，裡面還有兩個部分極為重要，一個命名為海馬迴，一個命名為杏仁核，都是因為它們的形狀，而非其功能。

……當負責思考的大腦皮層對刺激還沒有形成決定的時候，杏仁核已經指揮了我們的行為。我們有很多悔之莫及的行為，就是因為杏仁核的反應先於大腦皮層的思考，不免失之草率。

……這樣，杏仁核搶先於大腦皮層的處理過程，激發出情緒反應與相應的行為反應方式，先斬了再說。

……至於海馬迴，則是一個情境記憶庫，用來進行信息的對比，例如，關著的狼與荒野中的狼，意義不一樣。海馬迴管的是客觀事實，杏仁核則負責情緒意義，同時也是掌管恐懼感的中樞。如果只留下海馬迴而切掉杏仁核，我們在荒野中遇到一隻狼不會感到恐懼，只是明白牠沒有被關著而已。又如果有人用一把槍頂在你腦袋上，你會思考出這是一件危險的事，但就是無法感到恐懼，做不出恐懼的反應和表情，同時也不能辨認別人的恐懼表情，於是槍響了。這是不是很危險？

杏仁核主管情緒記憶與意義。切除了杏仁核，我們也就沒有所謂的情緒了，會對人失去興趣，甚至會不認識自己的母親，所謂「絕情」，也沒有恐懼與憤怒，所謂「絕義」，甚至不會情緒性地流淚。雖然對話能力並不會失去，但生命可以說已經失去意義。

……杏仁核儲存情緒記憶，當新的刺激出現，它就將之比對過去的記憶，新的刺激裡只要有一項要素與過去相彷彿便算符合，它就開始按照記憶了的情緒記憶啟動行為。例如我們討厭過一個人，以後只要這個人出現，我們不必思考就討厭他或她，勒杜克斯稱此為「認識前的情緒」。

……我們的童年時期，是杏仁核開始大量儲存情緒記憶的時期，這也就是一個人的童年經驗會影響一個人一生的原因。一個成人，在事件發生時，最先出現的情緒常常就是他的杏仁核裡童年就儲存下來的情緒模式。

造型藝術裡的「真」，所謂「寫實」，就是要引起與海馬迴裡的情境記憶的比對，再引起杏仁核裡的情緒記憶的比對，之後引發情緒。這是一瞬間的事。

我們可以由此討論一下八十年代後期舉辦的一些人體畫的展出。據學院派的意見，人體畫是藝術，不是色情。但同樣是藝術，靜物畫展不會引起人潮湧動的效果吧？所以，前提是裸體是引起同類異性性衝動的形象記憶，引發的情緒就是色情。不少國家的法律只規定生殖器部位的裸露程度來判定色情與藝術的分界線。

使裸體成為藝術，是在於大腦部分的判斷，而這是需要訓練的，而訓練，不是人人都可以得到的。即使是美術學院這樣的訓練單位，模特兒也是不許當眾除衣的，而是先在屏幕後除衣，擺好姿勢，再除去屏幕。除衣是情境記憶，它會引發色情的情緒。

裸體模特兒隱避除衣，是本世紀初從歐洲引進的。當學生有過一定的訓練之後，模特兒的進入程序就不嚴格了，最後達到可以走動，和學生聊天。美術學院的學生一定還記得第一次人體課開始時的死寂氣氛吧？還記得多少年後仍在講述的笑話吧？怎麼會當了教授之後就誤會凡人百姓都受過訓練呢？

凡人百姓的訓練是生活中的見慣不怪。我姥姥家的冀中，女人結婚後日常天熱可不著上衣，觀者見慣不怪，常常是新調來的縣上的幹部嚇了一跳。所以不妨視冀中人為裸體藝術家，將縣上新幹部視為參觀裸體藝術展的觀眾。一般來說，越是鄉下，裸體藝術家愈多，越是城裡，訓練反而越少。

知青初去雲南，口中常傳遞的是女人在河裡當眾洗澡，繪聲繪色，添油加醋，情緒湧動。幾年之後，知青們如十年的老狗，視之茫茫。

這就是同樣的形象反覆之後，海馬迴都懶得比對了，也就引不起杏仁核的情緒比對了，也就沒情緒了。我懷疑如果給畜生穿上衣服，一萬年之後，牠們也會有關於色情與藝術的爭論。

人體藝術，真實可貴在你還愛人體。通過畫筆見到的人體，會滋生出包括性欲但比性欲更微妙的情感。這不是昇華，是豐富，說昇華是暴殄天物。

音樂，我在〈愛情與化學〉裡說過了，此不贅。

文學有點麻煩。麻煩在字是符號。識得符號是訓練的結果，我們中國人應該記得小學識字之苦。訓練意味著大腦在工作，所以人類的大腦裡有一個專門的語言區。嗅葉、海馬迴、杏仁核都不會因符號而直接反應，它們的反應是語言區在接受訓練時主動造成與它們的聯繫，聯繫久了，就條件反射了。例如先訓練「紅燈要停住」，之後見到紅燈，就引起大腦的警覺，指揮停住。紅燈這一圖像符號經過反覆訓練，可以儲存到海馬迴裡歸為危險情境，但當我們想事情的時候，還是會視而不見闖紅燈。我小的時候常看到公共汽車司機座旁有個警告「行車時請勿與司機交談」，就是這個道理。

上個月，我的車被人從後面撞了兩次。一次是後面的駕駛人在打手機，一次是後面的駕駛人在罵她的孩子。我現在從後視鏡裡不但要看後面車的情況，還要看駕駛人的情況，我覺得他們的海馬迴隨時會有問題。

所以當我們閱讀的時候，所謂引起了興趣，就是大腦判斷符號時引起了我們訓練過的反應，引起了情感。文學當中的寫實，就是在模擬一個符號聯結系統，這個聯結系統可以刺激我們最原始的本能，由這些本能再構成一個虛擬情境，引發情緒。所謂「典型」，相對於海馬迴和杏仁核，就是它們儲存過的記憶；相對於情感中樞，就是它儲存過的關係整合，如此而已。「典型人物」大約屬於海馬迴，「典型性格」大約屬於情感中樞。

而先鋒文學，是破壞一個既成的符號聯結系統，所以它引起的上述的一系列反應就都有些亂，這個亂，也可稱之為「新」。對於這個新，有的人引起的情感反應是例如「噁心」，有的人引起的情感反應是「真過癮」，這些都潛藏著一系列的生理本能反應和情感中樞的既成系統整合的比對的反應。巧妙的先鋒，是只偏離既成系統一點合適的距離，偏離得太多了，反應就會是「看不懂」。《麥田捕手》是一個偏離合適的例子，所以振振有詞的反感者最多；《尤利西斯》是一個偏離得較遠的例子，所以得到敬而遠之的待遇。不過兩本書擺在書架上，海馬迴是同等對待它們的。

電影，則是直接刺激聽覺和視覺，只要海馬迴和杏仁核有足夠的記憶儲存，情感中樞有足夠的記憶，不需訓練，就直接進入了。引起的情緒反應，我們只能說幸虧電影不刺激嗅覺，還算安全。

實在說來，現代人的海馬迴裡，杏仁核裡，由電影得來的記憶儲存得越來越多，所以才會有「那件事比電影還離奇」的感嘆。

我建議研究美學的人修一下有關腦的知識，研究社會學和批評的人也修一下有關腦的知識，於事甚有補益。我不建議藝術創作的人修這方面的知識，因為無甚補益，只會疑神疑鬼，真實狀態反而會被破壞了。寫偵探小說的除外。

修藝術例如繪畫學分的美國學生，你若問他你學到了什麼，他會很嚴肅地說thinking，也就是思想。這是不是太暴殄天物呢？因為學別的也可以學到思想呀，為什麼偏要從藝術裡學思想？讀《詩經》而明白「后妃之德」，吾深惡之，因為它就是thinking之一種。

ＩＱ弄好了，可以導致思想，但僅有智商會將思想導致於思想化，化到索然無味，心地狹小，於是將思想視為權力、門面、資本。如此無趣的人我們看到不少了。

ＥＱ也可以搞到不可收拾，但我還是看重情商。情商是調動、平衡我們所有與生俱來的一切，也許它們作為單項都不夠優秀，但調和的結果應該是一加一大於二的狀態。

身外之物，也許可以看淡，但身內之物不必看淡。佛家的禁欲，多是禁身內之物對身外之物的欲，辦法是否定身內之物這個前提。少數人可以生前做到，多數人只能死後做到。這麼難的事，實在是太難為一般人了。但一般人調和身內之物之間的平衡，則是自覺經驗多一些就大體可以做到，不難的。平衡了，對外的索求，不是不要，而是有個度。有度的人多了，社會所需就大體有個數了，生產競爭的盲目性就緩解多了。盲目都是對於自身不了解。

這像不像癡人說夢？我覺得像，因為我們對自身的了解幾乎還沒有開始，無從開始情商的累積。我們大講特講智商的匱乏，將僅有的情商也作智商看待，麻煩事兒還在後頭呢。

不過說到情商這一節，也就可以回答〈愛情與化學〉那一節的疑問了。假如愛情的早期性衝動在情感中樞中留下記憶，此記憶建立了情感中樞裡的一個相應的既成系統，當化學作用消失了之後，這個系統還會主動運行的話（主動運行的意思是不受盲目的支配），原配的愛情就還有。否則，就是另外的愛情了。記住，愛情是雙方的，任何一方都有可能敗壞對方的記憶，而因為基因的程序設計，雙方都面臨基因利益的誘惑。

我們可以想想原配愛情是多高的情商結果，只有人才會向基因挑戰，幹這麼累的活兒。

一九九八年七月　加州洛杉磯

12 再見篇

常識寫了有兩年了，這是最後一篇。「最後」常常是個概念，概念有時會壓迫人，例如，例如「世紀末」好了。度和量是人為規定的，時間可度量，所以世紀末是一種人為的規定，這個規定搞得不少人惶惶不可終日。

按說人們應該已經習慣年終與年初相接的那一剎那，但為什麼還會對第一百個或第一千個同樣的一剎那憂喜疊加？越是臨近人為的這一刻，越是荒誕百出？相信未來的一年，會愈演愈烈。

這是人類在一種自己製造的度量面前，因為催眠與自我催眠而呈現的焦慮。沒有辦法，我們人類的腦有這樣的功能，現在是這種功能的集體發作，但願這種焦慮引起的不是集體的攻擊，世紀之鐘敲響之後，但願焦慮緩解。

兩千多年前那個擔憂天會塌下來的杞國人，顯然有受迫害狂的傾向，當時的人做寓言來嘲笑，自有彼時「天行健，君子以自強不息」的強悍之氣。可是本世紀，自第一次世界大戰以來，對人類某些價值觀的懷疑，逐漸解構我們的一些盲目，也逐漸釀成我們的許多焦慮，而且，越臨近世紀末，由科學數據支持的焦慮越強烈，例如，「環境保護」漸獲共識。

剛過去不久的洪患，終於迫使中國朝良性焦慮邁進一步。水土保持，按理說是個常識，何需由上百億的損失換得？交常識的學費何需要交到肉痛？荷蘭近年決定退地還海，以荷蘭這樣一個與海爭地的國家來說，向海退地有一點「賣國」的意思，但為了「買」生態環境，這個「國」是要賣的。美國賭城拉斯維加斯附近的胡佛水庫也要拆壩了，以當地的沙漠環境來說，積蓄水再合理沒有了，但為了生態環境，拆。美國是很早就明白水庫對生態環境的改變效果，而且很早就不再興建水庫了。雖然可以提出一千條水庫的正面證據，但是嚴密監測的結果是，小不忍則亂大謀，謀什麼？謀更大更長遠的生態環境，忍則是不再建和拆。

前不久我忽然被邀請講一下我的小說《樹王》，理由是其中涉及到砍伐森林導致生態失衡。於是找來十多年前發表的這篇東西，翻看之下，深為自己當年的焦慮嚇了一跳，同時也為自己當年的粗陋臉紅不已。九二年還是九三年的時候，義大利有製片人執意要將《樹王》拍成電影，此事我在《威尼斯日記》記錄過。結果是亞洲的朋友們認為這是發達國家的陰謀，他們通過糟蹋生態發達了，現在為了他們的利益，讓不發達國家保持生態環境，「你的小說改編成電影，是他們用一個不發達國家的作品來說：『看，你們自己的人也說了嘛。』」我一向對這種政治交集表現得智力不夠，於是婉言謝絕了製片人。現在看來，是堅持常識的能力不夠。

今年是知識青年上山下鄉三十週年，看來看去，主題是放在人生得失上。但就我個人的經歷，起碼東北、內蒙古和雲南，知青參與了破壞生態。當然，當年的知青的知識裡，沒有生態這一項，只有戰天鬥地，而且表現得近乎瘋狂。只是由於這種瘋狂，讓我起了一些焦慮，覺得事情哪裡有些不對頭。我不諱言我是參與破壞者，也因此我倒有了說出我的焦慮的資格。三十年了，知青不年輕了，但是我一直沒有找到承認自己是破壞者的知音。近年回去插隊地點看看的知青們，意識到破壞的後果了嗎？黑土地，北大荒，處女地，意思應該是原始生態，破壞它為什麼成了「人生得到鍛鍊」這種只對一代人生效的欣慰呢？蒙古草原是世界上剩下的唯一一塊原始草原，我們從世紀初一直挖到世紀末。紅土地的亞熱帶原始森林，不是一刀一刀被我們砍掉，放把火燒得昏天黑地嗎？黃土地，曾經是漢武帝與匈奴強力爭奪的牧草場，誰占有它，等於現代的坦克有了汽油。衛青與霍去病，替漢王朝奪到了這項「風吹草低見牛羊」的戰略資源，可是兩位將軍，料得到今天的這般景象嗎？

絕非大哉問，只是常識之問。

當然可以反詰我目前的情況就是如此，百姓要吃飯，社會要發展，這是發展的必然之徑。但是，「竭澤而漁」的道理不難明白吧？我詰問當年的知青，也是不公平。還記得當年陳永貴視察雲南，質問為何不大開梯田？還記得當年雲南省革命委員會策劃的「圍湖造田」，滇池面積縮小，春城的氣候明顯改變了？沒有常識的操縱權力，革命可以是愚昧，《樹王》表達的不是生態意識的自覺，只是一種蒙昧，蒙昧抗拒不了愚昧的權力，失敗了，於是有性格悲劇的意味，如此而已。

不過寫到這裡，我發現我本來不是要聊生態環境的，只是因為觸到「世紀末」，觸到由此而來的焦慮，才一路岔開。寫作常常是這樣，你會被某個字眼不小心撞歪。日常中我也常常誤入一條路，不過我常常索性就走一走看。

我本來是想，在最後的這一篇裡聊聊基因。

我對基因有興趣，大概從小學五六年級開始。我記得那時的一個暑假，去北京林學院我舅舅那裡去玩兒。我舅舅高中畢業上大學的時候，因為成績一直很好而獲得保送資格，他挑了林學院。我倒也不覺得不挑北大清華有什麼不對，因為那時我還沒有什麼勢利眼，我只是覺得林學院很好，那裡離圓明園很近，大學的饅頭好吃，好像有一次還為暑期不回家的學生供應了一回餃子。

舅舅的床上有一本書，書名忘了，只記得作者叫布爾班克，美國人，農場主，運用基因原理生產訂貨。有一次訂貨是豌豆，因為將來是要裝罐頭，所以要求豌豆必須是同樣大小的，要命的是交貨期限非常短，短到按豌豆生長期來說，不可能交出那麼多豌豆。布爾班克詳細講到他怎麼利用顯性基因原理篩選出豌豆，同時造了暖棚，架了燈具，終於如期交貨。

這本書讓我看得入迷，我至今不知道我為什麼會入迷，而且看完了發現還有下冊，但是下冊沒有了。我記住了布爾班克這個名字，以致二十多年後我到美國洛杉磯，發現其中有一個市叫布爾班克，我覺得就是以那個種豌豆的布爾班克命名的。

不過基因這回子事，我也記住了。我因此在升入中學後非常喜歡生物課，生物課不是主課，按理說犯不上那麼賣力，但「喜歡」常常是不按理的。當時教生物課的先生，文革前北京中學老師稱先生，無論男女，教生物的先生很年輕，我想是剛大學畢業，二十多歲吧，我有一次下課後問他如果想多知道一些生物的知識要怎麼辨，他看了看我，他大概沒有想到有學生對副科感興趣。不過他又忽然非常高興，說，你要是對生物有興趣，將來考武漢大學生物系好了。

我想我們之間有點誤會。如果他是我們的班主任，他應該知道以我的家庭出身我是上不了大學的，我問他的問題，只是出於我的強烈興趣。直到現在，我還是一個被興趣牽著跑的人，聽聽，看看，讀讀，聊聊，還有寫寫。可能到死的時候，興趣是我是怎樣一步一步失去知覺和思維的。興趣促使我從書店架子上抽下很多我認為與生物有關的書，讀來半懂半不懂。我當然讀了不少蘇聯的李森科的遺傳理論，但是我逐漸打聽出為什麼幾乎找不到奧地利的神父孟德爾（Gregor Mendel）的遺傳理論的書，只因為政治的原因。我當時以為只要不去理政治就可以了，不料政治可以很方便地阻擋常識。前面說過的布爾班克，是依循孟德爾理論的，所以他的書出了上冊之後，風向轉了，下冊遂不能出，持孟德爾理論的教授不能再到課堂上教我舅舅那一輩的學生了。

一九〇〇年，真正的本世紀初，荷蘭的德．弗利斯（Hugo de Vries）、奧地利的凡．謝馬克（Erich von Tschermak）以及德國的柯倫斯（Carl Correns）各自研究，卻不約而同發現相同的遺傳現象，即，所有子代的遺傳特性都來自兩個遺傳單位，而這兩個遺傳單位分別來自雙親。三個規矩人各自到圖書館去查查看他們的發現是否是新發現，結果都找到孟德爾早在三十五年前，也就是一八六五年就發表的豌豆實驗論文。孟德爾去世之前曾說：「我的時代將來臨。」

真是這樣。一九〇四年，美國的薩頓（Walter Sutton）發現遺傳單位藏在細胞核裡形狀像香腸的構造物中，這種香腸要染過色才看得到，所以稱它為「染色體」。現在我們已經知道，人類具有二十三對染色體。「遺傳學」這個名詞是一九〇五年發明的，「基因」則是要再過四年，一九〇九年才出現，由丹麥的生物學家約漢森（Wilhelm Johannsen）根據希臘文「給予生命」創造出來的抽象名詞，用來解釋代代相傳的遺傳特質。

一九一五年，摩根（T. H. Morgan）等人在經過果蠅實驗掌握足夠證據之後，出版了《孟德爾遺傳論的機制》（*The Mechanism of Mendelian Heredit*），首次以染色體的理論闡釋遺傳現象。

一九四一年，美國的畢多（G. W. Beadle）和塔坦（E. L. Tatum）發現基因的功能在於複製生命體的基本結構物質：蛋白質。不過到這時為止，我們還不知道基因是什麼樣子，也不知道基因是怎樣複製的。

一九四四年，艾弗瑞（Oswald T. Avery）和麥克賴歐德（Colin Mcleod）、麥克卡提（Maclyn McCarty）證明ＤＮＡ也就是去氧核糖核酸是最基本的遺傳物質。

一九五三年，ＤＮＡ的祕密終於發現了。英國物理學家克瑞克（F. Crick）和美國生物學家瓦岑（J. Watson）一同發現了ＤＮＡ的物理結構，它像個螺旋梯，有兩條長鏈，長鏈間每隔一小段就以一個簡單分子相連，好像梯子的橫木。橫木是由兩個鹼基構成，鹼基有A、T、G、C四種。整條梯子其實是扭成雙螺旋形狀的。每條染色體上排列了數千個基因，而鹼基的排列組合，有三十億。

以道布魯克（Max Delbrück）為首的一群包括物理學家、化學家的科學家在五十到六十年代建立了分子生物學。它講究「再現性」，一般實驗室都可以做到；它又是實質性的，基因不再是孟德爾定律中的數學演算單位，也不再是一串珠子，而是有清楚化學結構的分子。隨著這些基本知識，七十年代出現了「基因工程」技術，於是，分子遺傳學飛速發展起來，定位並辨識每個基因。

一九八三年，找出了杭廷頓氏舞蹈症（Huntington's disease）的致病基因；一九八七年找出了肌肉萎縮症的致病基因；一九八九年找出了囊腫纖維變性致病基因，這一年特定基因的發現很頻繁，之後越來越快，也就越來越多。到了今年，一九九八年，距世紀末還有一年的時候，美國聯合資助的研究人類基因組計劃，宣佈繪出完整的人類基因地圖，可提早兩年在二〇〇三年完成。實際上地圖有兩部分，一是染色體的每一小段的位置，但不管這些片段上有無基因，稱為「生理地圖」；二是基因在染色體上的位置，稱為「基因地圖」。一九八六年這個計劃開始的時候，預算是三十億美元，也就是一個鹼基一塊錢，照當時的技術條件，需要一千個科學家每人投入三十年，也就是需要三萬人年的工時。當然，實際速度越來越快，目前已經排列出一億八千萬個人類基因鹼基組合。

不過美國的兩個民間基因研究組織，一個宣佈可以在二〇〇一年完成地圖，經費只需兩億多美元，另一個宣佈已經排列出百分之七十五。

大致列了一下基因在本世紀的發現過程，我們幾乎可以說，本世紀是基因世紀。嚴格說，本世紀是基因的前世紀，下個世紀才是基因的世紀。正好在本世紀當中間，一九五三年，科學家發現了ＤＮＡ的構造，這是本世紀最重要的事，其它事件，相較之下都黯然失色，而且基因、ＤＮＡ已經成了一個現代人的常識。隨著本世紀晚期的電子計算機的進步，下個世紀的特色之一是數碼，別忘了，基因的本質也是單純的數位，只不過它不是兩位碼，而是四位碼。

生物只不過是基因的載體和基因傳遞的媒介，這也就是說，生物本身沒有意義。如果將來「生物」這個詞具體為「人類」，我們所謂的尊嚴將受到致命的打擊，說被摧毀也不為過。生命，人生，沒有意義，也就無所謂價值，都不過是佛家所說的「幻想」，人類創造了文明與文化，無非是讓人更好地成為基因的載體和傳遞的媒介。我們討論崇高，鄙薄庸俗，好好學習，天天向上，玩賞藝術，挖掘想像力，尋找純真愛情，酒色財氣，民族主義，冷戰，和解，宗教，出世，入世，漸悟頓悟，共產主義接班人，教育，資本主義掘墓人，金融危機，天才，智商，情商，等等等等，都是為基因做嫁衣裳。生態平衡，環境保護，無非是讓各種基因都能繼續傳遞。人權，也無非是讓人這種基因的載體之間有個公平的關係。不孝有三，基因不傳為大。基因不仁，以萬物為芻狗。

八十年代初，我讀到英國動物行為學家道金斯（Richard Dawkins）的《自私的基因》（*The selfish Gene*）一九七六年版，中國算是很快就有了中譯本。一九八九年，《自私的基因》出新版的時候，書中的論證以及由此產生的我稱之為的「基因哲學」，已經成了世界性的常識。到了一九九五年，道金斯又寫了《伊甸園外的生命長河》（*River Out of Eden*）進一步提到基因的本質是數位，這是因為四種鹼基的排列組合決定了蛋白質的類型。我們說到基因的時候，還不免對這個詞有些感情色彩，可是到了數位這一步，恐怕就感情不起來了，基因也就到了真正不仁的境界。

你也許會有怒氣，你基因既然對我們不仁，更談不上什麼義，乾脆我們就約好了一齊死給你看，看你還傳不傳得下去，訛詐你一回。

怒氣歸怒氣，基因這件事還真有世紀末的情調。我們好不容易進化了幾百萬年，有了喜怒哀樂，結果到了基督降生快兩千年的時候，不知道是該喜該怒還是該哀該樂。基督是救世主的意思，還要不要救呢？耶穌是上帝的兒子，這回搞清楚了，我們不是上帝的子民，我們只不過是他媽的數碼。

因此下個世紀，不管它是否偉大，不管我們樂觀還是悲觀，我們好不容易建立的倫理，肯定要兜底翻檢一下，看怎麼個適應法了。法律，宗教，哲學，都會遇到革命性的考驗，我們會發現它們最起碼會是步履蹣跚。一個複製羊引起的可能複製人的問題，已經是山雨欲來風滿樓。普遍的預言是，五年之後將有複製人。以商業常識來判斷，沒有人傻到法律宣佈允許複製人之後才開始複製人。

人類基因組地圖弄好之後，並非是說每個基因組的功能就明白了，而只是位置而已。每個基因組的功能，或人的某項功能或疾病是由哪些基因組造成的，還有待追尋。投資了，千辛萬苦尋到了，應該是公共財產呢還是私家專利財富？

按照某人的基因缺陷而專門製造的生化藥物，衛生部怎麼個批准法呢？

要知道，很可能會有十二億種藥物呢。

會有嬰兒的基因普查嗎？如果是，一個人很早就知道自己必然會得某種絕症，是不是很殘酷呢？

會有全民基因普查嗎？保險公司會為那些被證明基因有問題的人保險嗎？他或她，會不會根本找不到工作呢？尤其是有「犯罪基因」（這不是笑話）的人，應該關起來嗎？免不了會有「基因歧視」吧？

衰老基因已經找到了，但是你真的願意活到五百歲嗎？尤其當環境條件使你痛苦時，你願意受五百年的活罪嗎？如果你告訴一個美國人，你要交五百年的稅了，我猜他或她寧願去死。

下個世紀，將是一個——我不用說了，你可以預料到很多很多，結果還是會有很多很多你料不到的。總之，會有改變，包括我囉嗦了兩年的常識。

一九九八年　義大利佛羅倫斯

附錄

清明世界，朗朗乾坤

唐諾

如果我說，小說家鍾阿城是我個人認識的人中，感覺最像孔子的人，這樣的講法會不會太刺激了一點？

當然，時代不一樣了，政治的景況、社會的景況也全不一樣了，阿城沒孔子那種「明明知道不可能卻執意去做」的政治浪漫；傳播發達，有想法看法可直接寫成文章發表，也再用不著弄一群顏回子貢繞在身邊。我這裡要說的其實是學習、思索和看待世界的基本方式——阿城是個好讀書而且雜讀書之人，但和我們這一代人大不相同的是，即便近乎手不釋卷，但阿城通過文字的學習比例仍遠比我們低，這一方面是因為他行遍天下的奇特人生際遇

（這當然需要時代的不幸配合，非我們所能，也不曉得該羨慕還是僥倖），但更重要是他由此而生的奇特本事和人生趣味，牢牢的讓他聯繫於具象事物的俗世之中。就我個人所知，阿城當然是好廚子；也是好木匠，能修護難度極高的明式家具，他最早橫越美國的旅費兩千美元就是這麼賺來的；是好汽車技師，自學而能親手組裝過六七部福斯的古董金龜車賣錢，最後一部他捨不得賣，紅色敞篷，我看過照片，阿城戴墨鏡攝於車旁，人車倆皆拉風；而最有趣是阿城還教學生鋼琴，這是旅居紐約的名作家張北海洩露出來的，提起這事阿城難得有點尷尬，暗罵了兩聲。

不是吹噓不是標榜，阿城才真的是那種看菜單看商品目錄，比看荷馬史詩還津津有味的人。

但際遇、趣味乃至於現實求生本事相像不稀罕，阿城和孔子驚人相似之處在於，阿城不排斥抽象的文字學習（事實上，他是此中高手，從不民粹從不反智），也一樣有足夠的聰明和專注做純概念性的思考，但他總要把抽象的學問拿回來，放入他趣味盎然的世界好好涮過，就像他北京的名物涮羊肉一樣，如此才得到滋味好入口，也因此，所有的抽象概念符號，在阿城身上都是有現實內容的，他不放心加以浸泡過的，有著實感的溫度、色澤甚至煙火氣味。

阿城在本書的〈魂與魄與鬼及孔子〉文中，他自己也說了，「我喜歡孔子的入世，入得很清晰，有智慧，含幽默，實實在在不標榜，從古到今，不斷有人用道家標榜自己，因為實在是太方便了。」——從阿城，我才真正曉得孔子的入世，不是遊列國干諸侯的救世部分，那是他給自己的不得已任務，因此總有委屈之感，孔子的真正入世，是我們一向誤以為他道不成要回身隱遁的那部分，遊山觀水、乘槎浮海，回到他所屬民間社會的從來之處，這才是他真正樂趣所在。但這個醒悟，同時也帶給我不祥之感，我會同理可證馬上想到，很長一段時日被我個人（以及朱天心等）認定為海峽兩岸小說第一人的阿城，小說書寫極可能也只是他對眼前世界的「公德心」部分，阿城極可能不會久居此地，畢竟，他太喜歡那個更火雜雜、更熱鬧有人的世界，如孔子說的，人和鳥獸終歸不是同類，我是人，我選擇和人住一起。

阿城在台灣居留期間，導演侯孝賢安排他住木柵的安靜山邊，隨遇而安的阿城事後說，下回能不能就讓我住永和豆漿店樓上？

概念是抽空的、不具質量的，這當然有其必要，人的思維速度因此可以加快、挺進的幅度因此可以更加深入，甚至快到思維者本人都拉不住它、深入得拉不回來，這方便於思維邊界的英勇探勘行動，但也就不免於異化（意識形態化）的風險；相對來說，留在具象世界之中，用實象來思考，萬事萬物總是有重量的，在在形成阻力，因此思維行遠不易，當然欺人遂也相對不易（畫鳥獸難，每個人都可用自身的經驗對抗它、檢驗它），也因此總是安全的。

在概念思維的世界、於是合適產出理論，深邃壯麗，非尋常人可參與可判別，但奇怪總是要我們分邊認邊，非此即彼，隱含著森嚴不可妥協的對峙對抗；而在阿城所熱中的具象現實世界，則比較合適講故事，人人能聽能懂，而且意見矛盾並陳，往往誰也拗不了誰去，因此，表面上吵吵鬧鬧，其實是溫和不迫人的。

既然如此，我們也來講講古老的故事，讓我們對阿城的閱讀從說故事開始。

●見怪不怪的故事

春秋時代曾經有個翟國，是當時的遊牧民族之一，後來亡掉了，遺民流散，其中有個叫翟封荼的聰明人向南投靠三晉的強豪趙簡子，下面是收在劉向《說苑》的一則故事，或說一段對話。

趙簡子問翟封荼：「聽說翟國曾經下過連著三天的穀雨是嗎？」翟封荼點頭說確有其事。趙簡子又問：「我又聽說也下過三天的血雨，這也是真的嗎？」翟封荼點頭說確有其事。趙簡子再問：「我還聽說有過馬生牛、牛生馬這樣的怪事，也是真的嗎？」翟封荼還是點頭說確有其事。

趙簡子感慨起來，嘆口氣說：「人家說妖孽可以亡國，果然一點沒錯。」

但翟封荼說：「不，您問的這些都是很平常的事，下三天穀雨，其實是穀子被龍捲風捲上天造成的；下三天血雨，這是鷙鳥在空中打群架造成的；馬生牛、牛又生馬，這是因為牛馬雜牧雜交造成的，這些都不是讓翟國滅亡的妖孽。」

趙簡子問：「那翟國其正的妖孽是什麼？」

翟封荼回答：「翟國人民離散不凝聚，君王年幼無能，卿大夫貪財，結黨營私只曉得爭個人的權勢財富，官吏作威作福欺壓人民，政令成天改來改去沒一樣能有效貫徹，士人普遍貪婪而且怨恨上頭的人，這些才真的是翟國滅亡的妖孽。」

這是個很舒服的故事，但老實說也是中國古來相當典型的故事，類似的光《說苑》一書就收錄著好幾則。基本上，它不相信神祕之事，不惑於鬼神靈怪，認定萬事萬物必然有著平實的好理由，你把傳說神話中離奇荒誕的成分拿出來，放到人生現實的光天化日之下這麼一照，就會現出恍然大悟的常識原形來，原來如此，答案原來就只是這樣子而已，這個柔和回歸經驗世界的思考選擇，給予我們聽故事的人一種素樸的愉悅，一種源於生活世故睿智的息事寧人——也因此，中國諸如此類今天習慣劃歸人類學領域、甚或進一步窺探意識無意識深層的傳說神話，多半只成了單純的寓言被解讀，不做概念深掘，不持續在抽象概念的思維世界貪婪前進。

這裡，我們便清楚看到回歸常識世界的除魅力量，這是個思維的煞車系統，讓人清醒不耽溺，阻止人無邊無根的胡思亂想下去。但是，龍捲風真會讓捲上天的穀子下整整三天嗎？什麼樣飛鳥的世界大戰打到血如雨下三天三夜不休呢（有空的人可換算一下需要粉身碎骨多少隻鳥）？馬和牛即便雜牧，依生物學，可能雜交繁殖不馬不牛的後代嗎？這裡，問話的趙簡子沒追下去，回答的翟封荼也不持續想下去，兩造皆心滿意足的停在此處，停在當時水平的具象常識世界之中。

沒有危險，但也沒新的發見啟示。

這使我想到另一則故事，是我個人閱讀所及，和翟封荼故事同途殊歸的最相對故事，思維者在跡近完全相同的疑問下，做出一百八十度的抉擇，體例上仍是對話，出自柏拉圖的〈斐多〉：

相傳蘇格拉底和費德拉斯兩人散步到傳說中北風神帶走奧瑞茜雅的山崖旁，費德拉斯問：「如果奧瑞茜雅不是在這裡被北風神帶走的，你還會相信這個故事是真的嗎？」

蘇格拉底的回答是，不管信與不信，這對他都不構成困擾，事實上，並不難找到一種巧妙但看起來合情合理的解釋，比方說，奧瑞茜雅其實是在這山邊的岩石上玩耍，不小心被強烈的北風吹下石崖摔死或淹死的，因此遂傳說成北風神帶走了她——如何？到此為止像不像翟封茶式的答案？

然而，蘇格拉底卻又說了一段很著名也很有意思的話：

但是，這樣的解釋雖然能很巧妙又似乎很合理解釋了神奇的傳說，卻不會讓我欣羨，因為如此一來，我們也被迫得繼續解釋，神話傳說裡的半人馬怪獸、吐火的怪物，以及一大堆蛇髮女妖或飛馬等等，要對每一個傳說都提出一套素樸的可能解釋，需要很多空閒的時間，但我卻完全沒有這麼奢侈的閒情，我真正的理由是，直到目前為止，我還沒辦法做到像德爾斐神諭所說的「認識我自己」，因此，在我還沒真正認識我自己之前，花時間去研究不相干的事物，對我來說是很荒謬的，我寧可更簡單用傳統信仰的理由來打發它，而我真正必須知道的是，我自己身為一個人，究竟是比百頭巨人更複雜更狂暴的一種怪物？還是更溫和更單純的生物？

這裡，提醒大家注意蘇格拉底不選擇翟封茶式解釋的理由——沒有時間，沒這份閒工夫，因為有更要緊的事等著去做，而所謂更重要的事是「認識我自己」，一件幽微深邃的思維任務。

●來不及的偉大嚮往

阿城這本《常識與通識》，包含了十二篇意志力一貫的文章，原是發表於中國大陸的《收穫》雙月刊，談話的主題是「常識」——君自故鄉來，應知故鄉事，阿城回過頭來和中國大陸的人們談論常識，而且文章篇幅頗長、文字內容直話直說（就阿城越來越簡短、越點到為止的書寫方式而言），當然是苦心的。

但常識是什麼？常識不就是社會中最通俗、最底層、遊蕩在空氣之中幾乎人人可不學而能的最起碼認知嗎？這不是每個人都已經擁有的東西，幹嘛要費神重述重說呢？什麼時候何種景況之下，人會連最基本的常識都失去、都再看不到呢？常識得而復失之際，又會釀成什麼危險呢？

大風大浪走過的瀟灑阿城，究竟擔心什麼？

我猜，答案用中文來說，可總結成四個字：「意識形態」——就舉個阿城標的所向的中國大陸實例來說，遍地是農民，種了數千年之久稻麥高粱小米的老練中國農家，會沒有最基本的常識，曉得莊稼要扎根深淺、間距多少才好得到理想的收成嗎？甚至說開花太多時得狠著心摘除一部分，才能顆顆飽滿結實不是嗎？然而我們看到，當挾帶了革命意識形態強力而來的所謂「深耕密植」政令當頭罩下，所有的千年經驗、所有的常識當場全消失了，當然，沒太久之後，就連該有的收成也消失了，接管這整片古老大地的是全面性的歉收，這就是五〇年代中國大陸的大饑荒。

這裡，相對於人們經驗世界的常識，我們可以怎麼理解意識形態？大體上，意識形態並非完全對立頡頏人的基本經驗，並非單純的蒙昧，相反的，它往往來自於人們意識到經驗世界的限制，不耐煩於經驗世界具象事物的沉重束縛，所積極尋求的一種雄心勃勃的超越，這種超越，如我們在柏拉圖身上、在文藝復興後歐洲的理性主義者身上所看到的，儘管瞧不起紊亂遲緩的經驗世界，要把經驗世界隔絕在外不受其騷擾，但思維仍在理性的範疇之中運作，受著人類基本理性秩序的節制，但問題是，理性仍是有限制的，無力穿透我們觸目所及而且驅之不去的諸多現象的疑問，比方說生死、愛情、生命的終極價值和目的等等，你忍受不了沒答案，無法帶著滿心疑惑照常過日子照常入睡，你就得再次超越理性悍然而行，但由此開始的新思維旅行，再沒地標，再沒規則章法，支撐你的，大體上只能是激情、直覺、認定和不回頭的信仰。

因此，我們或者可以這麼說，意識形態的最根源處，原生於一種人類之於「偉大」的遍在渴望，生年不滿百，常懷千歲憂，這不單單只是詩意的不必當真的浪漫情懷，還是一種迫在眉睫的有限生命動人實踐，你心知肚明自己僅僅只有這幾十年時間，但要看的世界那麼大，要追問的問題那麼多，要娶上手的美麗女性為數那麼大，要親身驗收的功業打造那麼漫漫不可及，我們把一顆巨大的心，收在一個有限生命的身體之中，你壓抑不住欲求。便只能轉而尋求另一種快速的方式，一種即溶式的偉大——因此，意識形態的災難通常總是一種奉偉大之名的災難，它不得不返祖的援用信仰（人類最快速的一種獲取真理方式）以產生必要的實踐強力，但它總宣稱自己是更進步的，是瞻望未來的，是明日而不是昨天。

昨天是什麼？昨天是既有的經驗，落在現實的具象世界土地上，沉積為今天的常識，不偉大，是它的一大缺憾，滿足不了那些總是踮高腳尖窺探明天的人。

●更多的常識

朱天心在她的小說〈預知死亡紀事〉一開頭這麼寫著：「正西風落葉下長安，飛鳴鏑。多少事，從來急，天地轉，光陰迫。一萬年太久，只爭朝夕！一名性急的毛姓之人，數十年前寫下此詩，隨後他果然也如願做下了朝夕間天地翻轉之事。」

追逐偉大目標，從而棄絕常識牽絆、落入意識形態籠罩之中，對中國這塊古老土地而言，還是上個世紀不到百年間的事，再之前長時以往並不是這樣子——這關係著兩個性急且意圖偉大之人。朱天心筆下所說的這位毛姓之人，要花活著時如詩中言志的一人權傾天下，還要他統治的整個國家快快脫胎換骨，超英趕美，好親眼看見遙遙走在舉世人類最前頭的動人景象；另一個則是此人奉為導師的馬姓之人，他格局更大，自稱找到了人類歷史的決定性走向，急著驅趕整個世界、驅趕每一個人進入下一個更美好的歷史階段。

兩個偉大加一起，其結果就叫無所遁逃於天地，所有原本只求安心過日子的普通人也只能奉陪跟著偉大起來，六億神州俱堯舜，阿城在他另一本書上說，滿街走聖賢，這景象真越想越駭人。

當然，到上世紀末事情有點逆轉過來了，今天我們常感慨，之前五十年，是大陸搞政治，我們台灣搞經濟；這眼前幾年，則輪到我們搞政治，而大陸開始認真搞經濟——我想，我們把此話代換成「輪到我們搞意識形態，大陸搞常識」，看來也完全是通的，也因此，阿城這本向著祖國同胞書寫的《常識與通識》，於是就該輪我們來讀了，而且非常值得一讀。

在這些偉大來臨之前，中國，相對來說，一直是意識形態較稀薄的國度。當然，意識形態之生有其人性理由，大概不可能完全根絕，但比方說兩種大型意識形態之一的宗教，在中國就不發達不偉大於是也就不怎麼死人，這裡先就少掉了一個；另一個也屬勁爆級的國族主義，則強度略略比宗教嚴重，但也還節制，基本上還受現實主義的管轄，不至於脫鉤而去成為無限上綱的種族生死仇恨，也因此，今天我們重新描述這個老文明，會傾向於用遲緩停滯而不是偉大華麗，這是常識勝過意識形態的必然呈現。

但光回頭看不會有用的，昨日中國的常識輸給今日中國的意識形態，這一戰勝負已分，常識要如何整軍經武，打贏往後的仗呢？有一種想法，我們常說，當民主失敗時，你需要用更多的民主來獲勝；同樣的，當常識失敗時，也許我們需要的，是更多的常識不是嗎？

更多的常識，這是可能的，事實上這也正是阿城在這本書中試圖做到的一部分事——常識的確擁有一個意識形態所沒有的長期優勢，那就是它的開放性特質，容受一切，無懼錯誤、不足和矛盾，並允許修改。許多人們長時間的既有常識，我們今天都曉得是錯的，比方說翟封茶的三大解答，比方說地球是平的、太陽是繞著地球旋轉云云；也有很多今天我們習以為常的乏味常識，曾經是危險的、激進的、驚天動地的主張和發見，比方說人類係演化而來，比方說結果是地球繞著太陽旋轉而且還只是廣漠宇宙的微塵一粒云云。每一次老錯誤的修改，每一個新知識的容納，都意味著常識的再次進展，援軍不絕，因此，我們或可樂觀的相信，時間看來是站常識這一邊的。

常識和意識形態長期對峙並逐步獲勝的歷史圖像，用馬克斯·韋伯的話來說，便是一個持續除魅的過程，用我們常識的話來說，便是一個民智由蒙昧走向開化的過程。

●好夢由來最怕醒

但太強調「長期」永遠是傷感情的事，即便對我們這些沒奢望偉大也並不太性急的尋常人等來說，也會有緩不濟急、求我於枯肆的真實焦慮。很多可怖的災難我們都知道它只是暫時的、局部的、會過去的，地震會停歇，颱風會遠颺，洪水會退走，戰爭革命會殺人殺到筋疲力盡再殺不動，所以才有凱因斯對自由經濟思維長期自動調節功能的嗤之以鼻名言：長期，長期我們都死了。

更何況，我們說過，意識形態並非全然的古老蒙昧，它可以是進步之名的，可以跟著新知識的進展而來，像中國這百年的意識形態統治，便和人類知識的諸多新發見如達爾文的進化論揭示脫不了干係。

因此，真正的關鍵，倒不在更多的常識（這只是個好的徵象，說明常識領域的受到關注並持續進展），更不在於更對的常識（我們怎麼曉得比方說阿城這些援引科學新知的「新常識」，改天不會在下一波發見被推翻如昔日的「地球中心說」呢？）。畢竟，和意識形態的對抗，基本上絕不是一場對與錯、是與非、或更戲劇性的正與邪永恆大戰，往往，它就只是人心的封閉或開放、堅硬或柔軟罷了。

真理，是意識形態的第一標誌，通過對經驗世界的封閉，以去除雜質，完成自身的純淨，這是杜斯妥也夫斯基說的附魔狀態，或溫和些如阿城說的催眠狀態之下的產物，因此，所謂真理和虛偽的偉大戰鬥，基本上總是一種「劃下道來」的戰鬥方式，非我族類，其心必異，然而，從我們清醒狀態的人旁觀，它毋寧更是兩個真理之間的戰爭，只是一個意識形態和另一個意識形態的熾烈對抗，只是一個神和另一個神的熾烈對抗，結果不論誰輸誰勝出，是基督十字軍或阿拉聖戰士，打贏留下來的都只是意識形態而已，除了勉強有點相互毀滅的去神聖性效果而外，殊無意義。這一點，寫《國家的神話》的卡西勒說得很好，意識形態是哲學無法攻穿的，是三段論無力駁斥的，哲學真正能做的，只是幫助我們多瞭解它，知道發生了什麼事而已。

你如何和一個落入催眠狀態的人面紅耳赤的辯論呢？你不會的，你會叫醒他，必要時用一桶冷水澆他，滿心抱歉，但真的是為他好——所以阿城說他本來想把這本書命名為「殺風景」，驚破人家好夢。

夢怕什麼？怕天亮。因此，好萊塢感人肺腑的虛擬之夢，先得把我們關進無光的隔絕戲院裡面；而我們什麼時候最容易情感氾濫、自我感動得一塌糊塗？大概就是子夜過後四下無人的孤絕時刻，因此，那種情境下記的日記寫的信，頂好第二天睡醒後再重看一遍，否則他日很容易後悔，並成為別人勒索你的材料。

常識沒什麼了不得的，甚至說對說錯都沒那麼要緊，而是它是雞啼，是morning-call，是清醒的聲音，負責把我們喚回它所從來的、扎根的真實無欺世界。一個具象清明、朗朗乾坤的世界。

●鑑賞這個世界

而阿城不僅僅揭示了這個真實世界，還鑒賞了這個世界，這是阿城美好的價值所在，是阿城在我們這個世代之所以成為「稀有財」的所在。

我個人以為這是非常要緊的，相對於無羈的、虛擬的、任意的催眠世界，如果被叫回來的我們，四顧發現我們身處的真實世界，仍一如我們記憶中那樣乏味無趣貧薄。你還是會想倒頭睡回去的，就像人戒不了酒、戒不了麻醉藥品、戒不了偉大壯麗的意識形態一般——真實世界的失敗，有它自己要反省負責的地方。

如此現實的墜落可能是兩面的：一邊，我們眼前的世界，或者如卡爾維諾說的，急劇在「硬化」，美好事物消失如海潮退去；而另一邊，就像李維．史陀指出的，我們自身也不再曉得如何看待這個世界，我們不知道如何和具象的事物相處，我們失去了生命本身的可貴鑑賞能力。

清醒，但是美好富想像力，而且含幽默，我們所欠缺的，正正好就是阿城。

（本文原為臉譜出版二〇〇一年版本的「伴讀」，經作者同意授權收錄。）

阿城作品集04

常識與通識

作者
阿城
一九四九年生於北京。雜家，文字手藝人。

封面設計　一千遍工作室
編輯協力　王琦柔
行銷企劃　李倉緯、詹修蘋
版權負責　陳柏昌
副總編輯　梁心愉
初版一刷　二〇一九年八月十九日
定價　新臺幣三〇〇元

ThinKingDom 新經典文化
發行人　葉美瑤
出版　新經典圖文傳播有限公司
地址　10045臺北市中正區重慶南路一段五七號十一樓之四
電話　886-2-2331-1830　傳真　886-2-2331-1831
讀者服務信箱　thinkingdomtw@gmail.com
臉書專頁　http://www.facebook.com/thinkingdom/

總經銷　高寶書版集團
地址　11493臺北市內湖區洲子街八八號三樓
電話　886-2-2799-2788　傳真　886-2-2799-0909
海外總經銷　時報文化出版企業股份有限公司
地址　桃園市龜山區萬壽路二段三五一號
電話　886-2-2306-6842　傳真　886-2-2304-9301

常識與通識 / 阿城著. -- 初版. -- 臺北市：新經典圖文傳播, 2019.08
256面；14.8×21公分. --（阿城作品集；YY0504）
ISBN 978-986-98015-2-2（平裝）

855　108012653